Peter Bergmann

Club der Harlekine

Chefinspektor Fuchs in Wien

Impressum
Club der Harlekine – Chefinspektor Fuchs in Wien

Fall Nr. 4 der Reihe „Kärntner Mordsbullen"

Kriminalroman
Autor: Peter Bergmann
Kontakt: pbergmann@aon.at

ISBN: 978-3-9504215-4-5

www.peter-bergmann.at

Weitere Bergmann-Krimis

Kärntner Mordsbullen 1-3
Der Berufserbe – Chefinspektor Falks Sündenfall
Der gelbe Gladiator – Chefinspektor Falks Fingerfall
Die Melodie der Walnuss – Chefinspektor Falks Hexenfall

Das Möbiusband – Chiara Fontana – Fantasy-Thriller
Dicke Liebe – Irrwitzige Kriminalstories
Tore des Bösen – Kärnten-Thriller

Privatdetektiv Jingle Bell 1-2:
Die Leiche ist halb durch – Krimiparodie
Das Massengrab hat Hunger – Krimiparodie

1

Der Gebäudekomplex wuchs am Rand einer ausgedehnten Grünfläche empor wie eine graue Drohung. Aus einem Teil der höher gelegenen Wohneinheiten bot sich ein fantastischer Blick über Wien. An diesem heißen Tag verlor er durch die flirrenden, mit Abgasen aufgeladenen Luftschichten allerdings viel von seinem Reiz.

Sonntags lag der Innenhof der unfertigen Anlage wie ausgestorben in der prallen Sonne. Sandhaufen, Stapel leerer Paletten, Baumaschinen, rostige Eisenmatten und Gerüstteile zeichneten eine erstarrte Arbeitswelt.

Niemand dachte sich etwas dabei, als der Lieferwagen mit den verschmutzten Nummernschildern auf der Baustelle eintraf. Niemand dachte sich etwas dabei, als der Lenker ihn hinter einer Schuttmulde abstellte, gut abgeschirmt zur Einfahrt. Niemand dachte sich etwas dabei, weil dieser Ort zu dieser Zeit nicht mehr Aufmerksamkeit erregte als die Rückseite des Mondes.

Zwei Männer sprangen aus dem Van, der Fahrer groß und hager, der andere von durchschnittlicher Statur. Sie trugen Arbeitsmonturen mit Schildkappen und spiegelnde Sonnenbrillen, außerdem Staubmasken. Sie öffneten die Heckklappe des Lieferwagens und zogen längliche Tragtaschen heraus, die sie umhängten, ehe sie den nächstgelegenen Block über eine Bretterrampe betraten. Das Innere des Gebäudes roch nach frischem Beton. Zugluft strich durch die zahlreichen Maueröffnungen, die man irgendwann mit Türblättern und Isolierglas verschließen würde.

Schweigend und zielstrebig stiegen die beiden Männer über nackte Betonstufen bis ins oberste Geschoss und besichtigten der Reihe nach die ostseitigen Räume, als ob sie sich auf Wohnungssuche befänden.

„Der ist perfekt", entschied schließlich der Größere. Sein Begleiter nickte.

Sie öffneten ihre Taschen und entfalteten stabile Stative, die sie in die Nähe der Fensteröffnungen trugen. Eines bestückten sie mit einer Kamera mit 300-mm-Teleobjektiv, das andere mit einem langläufigen Gewehr mit Zielfernrohr. Die Sonne befand sich in ihrem Rücken, für einen Beobachter tief unten mussten sie im Halbschatten des Raums unsichtbar bleiben. Der Größere nahm die Sonnenbrille ab. Man sah von seinem Gesicht über dem Maskenrand nun dunkle Augen, die in diesem Moment so hart in die Welt blickten, dass der Beton rundum dagegen weich wirkte.

Der Kleinere steckte seine Brille ebenfalls in die Brusttasche, ehe er durch den Sucher blickte und die Kamera in Position brachte.

„Wann werden wir starten?", erkundigte er sich nebenhin.

„Nächste Woche."

„Die Schauspielerin?"

„Ja. Hast du etwas gefunden?"

Der Fotograf gab ein schmatzendes Geräusch von sich, möglicherweise beim Gedanken an die Schauspielerin, dann konzentrierte er sich auf seine Aufgabe.

„Die große Sandkiste, Commodus. Da hocken drei."

Commodus sah durchs Zielfernrohr.

„Die sind gut. Fang mit den Fotos an."

„Nimmst du den Türken?"

„Das Mädchen in der Mitte."

„Niedliche Kleine", sagte der Fotograf mit einem Anflug von Bedauern.

„Eben deshalb. Ich zähle von fünf auf null."

Susi spielte mit Ahmed und Karin, ihren Lieblingsfreunden.

„Jetzt backen wir Kuchen für meine Geburtstagsparty", entschied sie. Ahmed füllte gehorsam die grüne Plastikform mit Sand und kippte sie schwungvoll auf das Sitzbrett, wo statt des Kuchens ein formloser Haufen entstand.

„Du musst mehr Wasser nehmen", ermahnte ihn Susi. Sie reichte ihm den kleinen bunten Eimer. Ahmed strahlte sie an.

„Ich brauche auch Wasser", mischte Karin sich ein.

„Gleich", sagte Susi gönnerhaft. „Jetzt ist Ahmed dran."

Susanne, Susis Mutter, beobachtete ihr Kind mit abgöttischer Verehrung. Susi war strahlend hübsch, klug und bezaubernd. Das räumten sogar die anderen Mütter ein. Susanne hörte ihnen gerne zu. Zwar langweilte es sie, wenn sie von ihren eigenen Kindern sprachen – eine erstaunliche Ansammlung kleiner Genies –, doch hin und wieder fiel auch ein Lob für Susi ab. In Susannes Leben gab es sonst nicht viel, worüber sie sich freuen durfte. Der Kindsvater ein Tagedieb, die Kindergartentante eine hochnäsige „Pädagogin" und der Chef im Supermarkt ein notorischer Grapscher, der für jede kleine Gefälligkeit eine handfeste Gegenleistung forderte.

Susi lächelte Ahmed an, dessen Sandkuchen immer besser gelangen. Karin zertrat zwei davon und schlug die Hände vors Gesicht, als ob es ihr furchtbar peinlich wäre. Dann lachte sie. Karins Mutter lachte ebenfalls und ganz ähnlich.

Von den Grills der türkischen Familien trieben Duftwolken durch den Park. Manche einheimische Parkbesucher schimpften über den Gestank – so routiniert, wie sie auch über jedes beliebige Wetter schimpften.

Susanne betrachtete Susi und nickte zu den endlosen Sätzen von Ahmeds Mutter, vor der sie sich ein wenig fürchtete. Sie war dick, dunkel und temperamentvoll. Außerdem begleitete sie ihren Wortschwall mit heftigen Gesten und Susanne glaubte fest daran, dass sich diese Gesten rasch in Ohrfeigen verwandeln würden, wenn man an der falschen Stelle nickte oder den Kopf schüttelte. Sie versuchte ihr Nicken deshalb stets so anzulegen, dass man es allenfalls auch für ein Schütteln durchgehen lassen konnte. Heraus kamen unklare, für Susanne wenig vorteilhafte Kopfbewegungen.

Die drei Kinder saßen nebeneinander auf dem Randbrett der Sandkiste. Susi, wie gewöhnlich, in der Mitte. Sie erzählte vom Bauernhof ihrer Großeltern in der Steiermark und ließ die armselige Kate mit ihrem klapprigen Hühner- und Schweinestall zu einem prachtvollen Gut wachsen. Unzählige seltene Tiere lebten dort, sogar Pfauen, Tiger, Elefanten und Gnus.

„Gnus!", rief Karin. „Du meinst Kuhs."

„Du bist dumm", stellte Ahmed fest. „Das heißt Kühe. Gnus sind afrikanische Kühe und viel besser."

Susi lachte und wurde in ihr Lachen hinein von einer unsichtbaren Faust zwei Meter weit nach hinten geschleudert. Susanne sah sie auf dem hellen Kies aufschlagen. Der Kies färbte sich rot. Sie stieß einen Schrei aus und rannte zu ihrer Tochter, doch in Susis weit aufgerissenen dunkelblauen Augen spiegelte sich kein Leben mehr, nur noch der graublaue Himmel von Wien. Mitten in ihrer Stirn klaffte ein Loch. Susanne schrie. Der Park verstummte kurz und allen Leuten, die ihre Schreie hörten, lief trotz der Hitze ein kalter Schauer über den Rücken.

Den Schuss hatte niemand gehört. Er war von einem Scharfschützengewehr mit Schalldämpfer abgefeuert worden, die verwendete Unterschallmunition verursachte keinen Geschossknall.

Der Fall schlug hohe Wellen, nicht nur in Wien. Eine Vierjährige, von einem professionell ausgerüsteten Sniper aus dem Hinterhalt ermordet, zwischen ihren gleichaltrigen Freunden herausgeschossen wie eine Blume an der Schießbude – das erschien monströs. Es kam kein Motiv zum Vorschein, keine Streiterei ums Sorgerecht, keinerlei Hinweis auf kriminelle Verstrickungen. Die Mutter war eine schlichte, grundehrliche Person, der Vater ein harmloser, unbedarfter Pendler zwischen Arbeitsamt und Fußballplatz. In ihrer Beziehung gab es weit und breit kein nennenswertes Vermögen, keine verbotenen Geheimnisse und keine sexuellen Perversionen. Nicht einmal ein haarfeiner Draht zur russischen Mafia konnte nachgewiesen werden, die von einer Zeitung allein deshalb ins Spiel gebracht worden war, weil einige Tage zuvor in Wien-Schwechat ein Austausch von Spionen stattgefunden hatte. Vom Mörder fand sich keine

Spur. Der Rohbau, aus dem er geschossen hatte, wurde tagelang gründlich durchsucht – ohne brauchbares Ergebnis. Man befürchtete, dass es sich um einen Irren handelte, der nur zu seinem Vergnügen tötete. Ein Kommentator titelte: *Killer aus Spaß an der Freud?*

Dann erschütterte ein Erdbeben den Großraum Tokio und ein Passagierjet mit einer österreichischen Reisegruppe an Bord stürzte über dem Atlantik ab.

Das galoppierende öffentliche Bewusstsein verlor Susi rasch aus dem Blick.

Zwei Wochen nach dem Mord jagte eine junge Schauspielerin ihren Sportwagen mit Höchstgeschwindigkeit in Richtung Wien. Tränen strömten über ihre Wangen. Der Audi TT Roadster preschte durch die Nacht, getrieben von dreihundertsechzig PS-Teufeln, die ihr Gasfuß hemmungslos herausforderte. Nur mit Mühe hielt sich das Geschoss aus Blech auf dem schwarzen Band der niederösterreichischen Landstraße. Eine Kompanie Schutzengel sorgte dafür, dass niemand sonst in diesen Minuten rasenden Wahnsinns unterwegs war. Auf einer langen Geraden schaltete die junge Frau in den höchsten Gang und beschleunigte das Kraftpaket auf weit über zweihundert Stundenkilometer. Die alte Erle am Feldrain machte nicht zum ersten Mal Bekanntschaft mit einem fehlgeleiteten Auto, doch diesmal kostete es sie selbst das Leben. Der TT kam in zwei Metern Höhe angeflogen und kappte sie.

Mona Mohr war auf der Stelle tot. Die Unfallursache: überhöhte Geschwindigkeit. In solchen Fällen wird auch Selbstmord in Betracht gezogen, ein getarnter Suizid, den die Hinterbliebenen als Unfall betrauern können. Diese Variante schied nach menschlichem Ermessen aus. Mohr zählte zu jenen Glückskindern, die gar keine andere Wahl haben, als eine große Karriere zu machen, es lag ihr einfach im Blut. Temperament, Fleiß, Charme, Disziplin, Natürlichkeit, Ausstrahlung, Erotik, alles passte zusammen. Und sie hatte eine fünfjährige Tochter, an der sie mehr hing als an ihrem Leben. Kaum vorstellbar, dass sie es vorsätzlich weggeworfen hätte. Die öffentliche Anteilnahme war erheblich, marktschreierisch und verlogen wie immer, wenn Journalisten und Politiker ihre tiefe Betroffenheit über das Unglück eines Menschen zum Ausdruck bringen, den sie nur oberflächlich oder überhaupt nicht gekannt haben. Mohr erhielt trotz ihrer Jugend ein Ehrengrab der Stadt Wien, ein Privileg, für das mancher Wiener Prominente auf der Stelle freiwillig gestorben wäre.

Piet Penta saß in seinem Arbeitszimmer und surfte auf
Sammler-Webseiten, von deren Existenz nur Eingeweihte
wussten. Nicht weiter verwunderlich, da die vorgestellten
Objekte weder einen materiellen noch einen ästhetischen Wert
besaßen. Sie besaßen einen Wert ausschließlich für Leute, die
mit alten Hosenknöpfen und gesprungenen Holztellern
fantastische Geschichten verbanden. Kleine Brücken in die
Vergangenheit, die die Ausschüttung von
Sammlerglückshormonen bewirkten. Was aber nur bei
wenigen Menschen funktionierte.
Die Sprechanlage rauschte und eine Stimme forderte: „Herr
Penta, bitte in mein Büro."
Penta drückte auf die Sprechtaste und sagte: „Sofort."
Er setzte ein Lesezeichen, schlüpfte in seine Jacke und begab
sich in das angrenzende Zimmer. Es handelte sich um den
ehemaligen Salon des Starhovsky'schen Stadtpalais. Nach
einigen ruhmreichen Jahrhunderten und etlichen weniger
ruhmreichen Dekaden war er in das Chefbüro der Detektei
Starhovsky umgewandelt worden. Auch das lag mittlerweile
Jahrzehnte zurück.
Der alte Graf und sein Besucher, dessen Ankunft Penta vor
einer Viertelstunde am Rande registriert hatte, blickten ihm
entgegen. Der mutmaßliche Kunde sah aus wie ein verspäteter
Yuppie um die vierzig, trug italienische Slippers und einen
grauen Maßanzug, hatte kurzes, blondes Haar, braune Haut,
blendend weiße Zähne und einen müden, aber extrem
unruhigen Blick. Er saß auf der Kante eines
Biedermeierlehnstuhls und wirkte wie eine Rakete unmittelbar
vor dem Abschuss. Penta hätte seine Schlüssel-ohne-Schloss-
Sammlung verwettet, dass ein einziges Fingerschnippen
ausgereicht hätte, um den Mann bis an die getäfelte Decke
springen zu lassen.
Der Chef thronte in seinem Lederstuhl hinter dem riesigen
Schreibtisch. Er strahlte eine Gelassenheit aus, die einem

wohl nur 800-jähriger Adel und eine unerschöpfliche Erfahrung mit den Abgründen der menschlichen Seele verliehen.

Er sagte: „Das ist Piet Penta, Herr Mohr. Er ist mein fähigster Mitarbeiter."

Allein der Klang seiner Stimme wirkte wie Valium, fand Penta, doch bei Mohr verfehlte er offensichtlich seinen Effekt. Der Besucher nickte Penta so kurz und heftig zu, als käme es ihm auf einen Nackenwirbel mehr oder weniger überhaupt nicht an.

„Herr Mohr ist Banker, ich kenne ihn schon länger, er hat eine DVD mitgebracht. Nach dem, was er mir bislang erzählt hat, sollten Sie sie auch sehen. Seine Schwester ist tödlich verunglückt. Er hat die DVD in ihrer Wohnung gefunden."

„Mona Mohr. Ich habe davon gelesen", sagte Penta. „Mein Beileid."

Mohr nickte nochmals und nicht weniger heftig als zuvor.

„Würden Sie …", bat Starhovsky und deutete auf die Silberscheibe, die am Rand seines Tisches lag. Penta nahm sie, ging zu dem großen Flachbildschirm an der Wand gegenüber dem Schreibtisch und legte die DVD ein. Er rückte einen der Sessel zurecht und setzte sich.

„Ich will nicht hinsehen", murmelte Mohr und starrte aus dem Fenster.

Der Film begann mit der schlichten Einblendung des Namens ,Mona Mohr'.

Die Schrift verschwand und ein großes kreisrundes Bett erschien, schwarz bezogen und hell beleuchtet, wie eine Bühne. Davor standen in einem Halbkreis schwere Polsterstühle, in denen Männer in roten Tuniken saßen, Penta zählte fünf. Glänzende weiße Harlekinmasken bedeckten ihre Gesichter. Eine junge Frau trat an das Podest. Sie zog ihre Schuhe aus und stieg hinauf. Penta kannte sie von Fotos in Zeitungen und im Internet, Fotos, auf denen sie für die Kameras posierte oder die sie auf Theaterbühnen zeigten. Auf der Bühne in diesem Film lächelte sie, ohne einen der Männer anzusehen. Sie trug ein kurzes schwarzes Kleid. Mit einer raschen Bewegung öffnete sie den Reißverschluss im Nacken und ließ es auf das Laken gleiten. Ebenso rasch streifte sie die Strümpfe ab, mehr hatte sie nicht an. Ihr Lächeln änderte sich dabei für keine Sekunde, es blieb wie ein wenig verrutscht in ihrem Gesicht festgeklebt und an niemand Bestimmten gerichtet. Sie stand da, hob die Arme über den Kopf und drehte sich langsam um die eigene Achse. Dann sank sie nieder. Der Mann in der Mitte des Halbkreises erhob sich, legte seine Tunika ab und betrat nackt die Bühne. Die Maske behielt er auf. Die angestrengt fröhliche Miene der jungen Frau erschien ebenso maskenhaft wie die Larven der Männer. Gehorsam erfüllte sie seine Wünsche. Ein Zweiter gesellte sich zu dem verschlungenen Paar.

Starhovsky stoppte den Film.

„Das reicht fürs Erste. Wir werden dieses Machwerk noch eingehend nach Anhaltspunkten analysieren, doch das erfordert nicht Ihre Anwesenheit, Herr Mohr."

Er wandte sich an Penta. „Herr Mohr will verhindern, dass der Name seiner Schwester in den Schmutz gezogen wird, umso mehr, als er und seine Gattin sich jetzt um ihre kleine Tochter Klara kümmern. Vor allem anderen verdient das Kind jeden Schutz, den man ihm zu bieten vermag. Man kann sich leicht vorstellen, was passiert, wenn auch nur ein Gerücht über die Existenz dieses Videos an die Öffentlichkeit gelangt. Wir werden den Auftrag übernehmen. Herr Mohr will wissen, wer diese Männer sind und ob die DVD mit dem Tod seiner Schwester zusammenhängt."

„Sollte das der Fall sein, würde es zu einem Verfahren kommen", bemerkte Penta.

„Sollte das der Fall sein", griff Starhovsky seine Formulierung auf, „dann handelt es sich um eine außergewöhnlich perfide Angelegenheit, dann sollen die Verursacher entsprechend dafür büßen. Stellen Sie Ihre Fragen."

Penta dachte nach. Mohr sah ihn an, nicht mehr ganz so angespannt wie vorhin. Der Detektiv wählte seine Worte sorgfältig.

„Ihre Schwester scheint da freiwillig mitzumachen, Herr Mohr. Dennoch ist es offensichtlich, dass sie keinerlei Freude daran empfindet. Können Sie sich vorstellen, womit man sie zur Teilnahme an einer solchen ‚Veranstaltung‘ gezwungen haben könnte?"

„Nennen Sie es ruhig Gangbang", sagte Mohr rau. „Mona hatte einige Beziehungen, Künstler sind da ja ohnehin locker." Als seriöser Banker konnte er damit nicht einverstanden sein, das spürte Penta deutlich – ohne sich an der Kombination von Banker und seriös zu stoßen.

„Aber", fuhr Mohr fort, „sie wäre eher gestorben, als sich mit einer Horde Maskierter einzulassen."

„Dennoch hat sie sich darauf eingelassen. Womit konnte man sie dazu bringen?"

Der Banker überlegte. „Mir fällt nur Klara ein. An Klara hing sie mehr als an irgendjemand anderem."

„Jetzt kümmern Sie sich um Klara, was ist mit dem Vater?"

„Unbekannt", erwiderte Mohr schmallippig. „Mona hat uns nie verraten, um wen es sich handelt."

„Sie hegen keine Vermutung?"

„Keine. Sie hatte viele Freunde, ich kannte sie gar nicht alle. Wir standen uns nicht sehr nahe, sie erzählte mir nie, wer nur ein Bekannter war und wer mehr als das."

„Hat sich Ihre Schwester in der Zeit vor dem Unfall verändert oder eine Bedrohung oder Sorge erwähnt?"

„Sie hatte sich verändert. In der letzten Woche vor ihrem Tod machte sie eine depressive Phase durch. Relativ gesehen." Er fing Pentas verständnislosen Blick auf. „Sie kannten sie nicht. Mona war ungemein lebensfroh. Wenn sie nicht ständig lachte, stimmte etwas nicht."

„Und plötzlich hörte sie auf zu lachen?"

„Ja. Und sie blieb auch mehr zu Hause – wir wohnen gemeinsam in unserem Elternhaus, es ist groß genug, sonst wüsste ich das alles nicht. Sie verbrachte ihre ganze Freizeit mit Klara, die sie zuvor gerne bei uns abgegeben hatte, um auszugehen und sich zu amüsieren."

„Erfuhren Sie den Grund für Ihren Stimmungswandel?"

Mohr zuckte die Achseln.

„Nein. Mona redete niemals über ihre Probleme, jedenfalls nicht mit uns."

Er versuchte erstmals ein Lächeln. „Wir waren ihr zu spießig."

Starhovsky fragte: „Könnte ihre depressive Phase mit diesem Ereignis zu tun gehabt haben?"

„Das ist naheliegend. Vielleicht brachte das Video das Fass zum Überlaufen. Sie erhielt den Film kurz vor dem Unfall."

„Woher wissen Sie das?", erkundigte sich Penta.

„Weil neben ihrem Notebook das aufgerissene Kuvert lag. Ich warf einen Blick auf den Poststempel."

„Besitzen Sie das Kuvert noch?"

„Es liegt wohl noch auf dem Tisch. Ich achtete nicht weiter darauf, sah mir nur kurz die DVD an", er stockte, „und überlegte drei Tage, was ich unternehmen sollte."

„Vielleicht hat man ihr mit der Veröffentlichung gedroht", erwog Starhovsky.

Mohr schüttelte zweifelnd den Kopf.

„Auch dann hätte sie sich nicht umgebracht. Selbst dann nicht, wenn man ihre Karriere ruiniert hätte, Klara war ihr viel wichtiger."

„Haben Sie jemandem von dem Video erzählt?", fragte Penta.

Der Banker starrte ihn aufgebracht an.

„Nein, niemandem."

„Nicht einmal Ihrer Frau?"

„Der schon gar nicht. Sie wäre imstande, sich deswegen scheiden zu lassen." Er klang bitter.

Starhovsky nickte.

„Wir werden unsere Unterredung fortsetzen, wenn der Film analysiert ist. Fahren Sie jetzt nach Hause?"

„Ja."

„Herr Penta wird später vorbeikommen, um das Kuvert abzuholen."

„Sagen Sie meiner Frau nur, dass Sie mit mir geschäftlich sprechen müssen. Verraten Sie ihr um Gottes willen nicht Ihren Beruf."

Mohr stand auf, schüttelte Starhovsky die Hand und nickte Penta zu. Der erhob sich ebenfalls, begleitete den neuen Kunden bis zur Tür und vergewisserte sich, dass sie hinter ihm ins Schloss fiel.

„Was meinen Sie?", fragte ihn der Graf gleich darauf.

„Unappetitlich. Ich sehe einmal nach, ob ich brauchbare Prints finde."

Tatsächlich fand Penta mehrere Fingerabdrücke, die er zur Prüfung an die Polizei schickte. Für die Detektei Starhovsky kein Problem: Der alte Schnüffler verfügte über bessere Kontakte in alle Ebenen des Systems als der Polizeipräsident selbst.

Genau dieser Präsident stand drei Stunden danach höchstpersönlich vor Starhovskys Schreibtisch, erklärte seinem guten Freund den Grund seines Besuchs und nahm anschließend die DVD und das mittlerweile abgeholte Kuvert an sich.

4

Chefinspektor Terry Fuchs lenkte den Mietwagen über das schottische Hochland und murmelte Beschwörungsformeln, um seine angespannte Muskulatur zu lockern. Er war ein routinierter Fahrer, frei von den Schwächen der Jugend und des Alters, doch die vertrackte Linksregel auf dieser Insel setzte ihm hart zu. Er musste sich so sehr darauf konzentrieren, nicht auf die richtige, also die rechte Seite der Straße zu wechseln, dass seine übliche Sicherheit darunter litt. Samantha tat, als merkte sie nichts. Sie hatte den Sitz weit zurückgeschoben und die nackten Beine auf das Armaturenbrett gelegt. Dass ihr das luftige Kleid hochgerutscht war, beachtete sie in ihrer sommerlichen Laissez-faire-Laune nicht. Fuchs fragte sich bei jedem entgegenkommenden LKW, wie viel dessen Insassen davon mitkriegen mochten. Seine Freundin kümmerte sich nicht darum. Sie genoss die Fahrt.

Auf ihre jüngste Versöhnung – er hatte nach dem dritten Mal aufgehört zu zählen – war ein erstaunlich heftiger Beziehungsfrühling gefolgt. Die Münchner Möbeldesignerin mit der Modelfigur hatte eine neue erotische Vielseitigkeit entwickelt und er folgte ihr wie ein verliebter Kater, ein wenig perplex, aber willig und zufrieden. Spontan hatten sie sich zu dieser Reise entschlossen und nun ließen sie Herrensitze, Schlösser, Burgen und Märchenlandschaften an sich vorüberziehen, ohne viel davon wahrzunehmen. Faktisch liebten sie sich quer durch Schottland, und wenn Fuchs irgendetwas daran bedauerte, dann nur, dass sie nicht ein straßenverkehrsmäßig zivilisiertes Reiseziel gewählt hatten. Samantha wechselte in den Lotussitz, was zu einem weiteren unzüchtigen Anblick führte.

Als Fuchs die Polizeisirene hörte und das Blaulicht im Rückspiegel sah, dachte er deshalb gleich, jemand habe sie wegen Erregung öffentlichen Ärgernisses, Gefährdung der Sicherheit oder etwas in dieser Art angezeigt. Er fuhr an den linken Straßenrand, ließ die Scheibe herunter und wartete ab, was folgen würde. Samantha brachte so viel Anstand auf, die Füße auf den Boden zu setzen und den Kleidersaum einige Zentimeter weit nach unten zu schieben.

Der Verkehrsbulle sah aus, als hätten seine Eltern ihn direkt von einem Whisky-Etikett kopiert. Fuchs glaubte es kaum, als er von diesem Edelschotten sehr höflich auf Deutsch angesprochen wurde.

„Chefinspektor Terry Fuchs von der österreichischen Kriminalpolizei?"

„Ja."

„Sie haben im Urlaub Ihr Handy ausgeschaltet, das verstehe ich gut." Der Blick des Polizisten schwenkte kurz zu Samantha, die ihn anlächelte. Fuchs erkannte Spurenelemente eines Lächelns auch in den Augen des Beamten, doch dessen Stimme blieb unverändert fest:

„Ihr Vorgesetzter in Österreich ersucht Sie dringend, Kontakt mit ihm aufzunehmen. Sehr dringend, wie ich betonen soll. Ich bedaure das aufrichtig."

Nun gestattete sich der Bulle tatsächlich ein winziges Lächeln, salutierte und kehrte zu seinem Wagen zurück. Mit einem kurzen Hupen und Winken fuhr er vorüber.

„Das gefällt mir nicht", sagte Samantha.

„Mir auch nicht. Er hat dich für meine Urlaubsgeliebte gehalten."

„Na und?", begehrte sie auf. „Bin ich eine schlechte Geliebte?"

Fuchs begnügte sich mit der Andeutung eines dreckigen Grinsens, das sie als Kompliment auffassen musste. Danach aktivierte er seufzend sein Smartphone.

„Na endlich", meldete sich Oberst Prettner.

„Freut mich auch", erwiderte der Chefinspektor. „Was gibt es?"

Es gab den sofortigen Abbruch der Reise und den Rückflug nach Österreich auf Kosten des Steuerzahlers.

Man hatte in einer DVD-Hülle in Wien einen Abdruck von Franz Breuers Mittelfinger gefunden. Breuer stand ganz oben auf den Fahndungslisten wegen Mordes, Entführung, Freiheitsentzugs und Vergewaltigung; er war vor eineinhalb Jahren abgetaucht.

Kurz nachdem Fuchs in Klagenfurt zu arbeiten begonnen hatte, bekam er es mit einem abgründigen Fall zu tun. Breuer, ein damals gut situierter, gebildeter Hersteller von nicht rezeptpflichtigen Heilmitteln, hatte – laut späterer Aussagen seiner Frau – immer schon obsessiven Neigungen nachgehangen. Lange befriedigte er sie mit Prostituierten, dann begann er, Frauen zu entführen und zu missbrauchen. Wenn er genug von ihnen hatte, reichte er sie an einen Komplizen weiter, einen Psychopathen, der ganz scharf darauf war, Breuers Opfer zu schlachten und zu zerstückeln. Die Teile packte er in Plastiksäcke, die er auf öffentlichen Parkplätzen abstellte. Vier Frauen starben, ehe Fuchs und sein Kollege Lacher die Täter stellten. Der Psychopath wurde bei der Festnahme erschossen, Breuer gelang die Flucht, er verschwand spurlos. Fuchs hatte daraufhin sein Vorleben bis in die kleinsten Details durchwühlt, er war überzeugt davon gewesen, dass der Typ irgendwo weitermachen würde. In der Polizei galt Fuchs seither als Breuerexperte, was Oberst Prettner nun vor Glück beben ließ. Immerhin handelte es sich um *seinen* Chefinspektor, der deshalb in der Bundeshauptstadt so begehrt war.

5

Terry Fuchs und Samantha flogen über Frankfurt nach Graz.
Dort nahmen sie einen Mietwagen und kamen am späten
Abend in Klagenfurt an. Sam sprach während der gesamten
Reise kaum ein Wort. Das abrupte Ende des Urlaubs, die
stundenlange Wartezeit am Flughafen und Fuchs' Weigerung,
die Schuld daran auf sich zu nehmen, hatten ihre Laune auf
einen Tiefpunkt gesenkt. Trotzdem schlief sie danach fest,
während der Chefinspektor, von wirren Träumen geplagt,
wenigstens ein Dutzend Mal aufschreckte.
Müde und zerschlagen betrat er früh am Morgen Oberst
Prettners Büro. Der Oberst zwinkerte ihm zu, schüttelte ihm
lange die Hand und nötigte ihn zu einem Kaffee, den er sofort
vom Automaten bringen ließ. Der Kaffee schmeckte genau so,
wie Fuchs ihn in Erinnerung hatte; seine Stimmung besserte
sich dadurch nicht. Ein leger gekleideter junger Mann mit
randlosen Brillen und markanten Geheimratsecken trat mit
einem gemurmelten Gruß ein und setzte sich auf einen der
Stühle.
Prettner stellte ihn als Spezialisten für digitale
Gesichtsänderungen vor.
„Diplomingenieur Kleinmayer hat mit seinem Programm
berechnet, wie Breuer heute aussehen könnte, falls er sich
gesichtschirurgischen Eingriffen unterzogen haben sollte."
Der junge Mann sprang auf und arrangierte, geschickt wie ein
Kartenleger, mehrere Reihen von Fotos auf Prettners großem
Schreibtisch; zuoberst Breuer im Original.
Fuchs hatte sich seinerzeit stundenlang in dieses Gesicht
vertieft. Es zeigte weder Spuren besonderer Intelligenz noch
krimineller Energie oder gar Grausamkeit. Und doch verbarg
sich das alles dahinter. Hinter einem absoluten
Durchschnittsgesicht, nichts daran konnte man als auffällig
bezeichnen, eine Visage, die jeden Fahnder zur Verzweiflung
brachte, weil jeder Befragte einen Menschen kannte, dem sie
ähnelte, auch wenn niemand sagen konnte, wem genau.

Als Kleinmayer fertig war, lagen zwei Dutzend Breuervariationen auf dem Tisch, die dem Original mehr oder minder ähnlich sahen, sich voneinander jedoch erheblich unterschieden.

Fuchs ließ seinen Blick darüber gleiten, dann fixierte er den Diplomingenieur.

„Welcher von denen ist er?"

„Jede Möglichkeit ist realistisch."

In der Antwort lag einiger Stolz.

„Danke", sagte der Chefinspektor.

Der Softwarespezialist blickte ihn verständnislos an.

„Danke. Würden Sie uns bitte für einen Moment allein lassen?"

Es klang wie ein Befehl und es dauerte ein paar Sekunden, bis er durchdrang.

„Oh, natürlich. Gern. Ich gehe einen Kaffee …"

Der Mann verließ hastig das Büro.

„Na endlich", murmelte Fuchs.

„Bitte, Terry", beschwor ihn der Oberst und verwendete dazu seinen Vornamen, was der Chefinspektor nicht leiden konnte. Jedenfalls nicht vonseiten Prettners. „Der Knabe ist ein Top-Experte."

„Der Top-Experte zeigt mir, dass Breuer heute ganz anders aussehen könnte als früher. Und wenn ich wissen will, wie, hat er keine Ahnung. Genau wie ich."

„Sehen Sie", warf der Oberst rasch ein, „da bleibt doch etwas Gemeinsames. Das macht Teamarbeit aus, finde ich."

„Wenn ich zu den Wienern fahren soll", sagte Fuchs unbeeindruckt, „will ich, dass mir Chefinspektor Lacher von hier aus zuarbeitet."

„Der hängt in drei Fällen drin", protestierte Prettner.

Chefinspektor Fuchs schwieg.

„Wir haben unser Überstundenkonto hoffnungslos überzogen", versuchte es sein Vorgesetzter erneut. Fuchs machte Anstalten, sich aus dem Sessel hochzustemmen. Da versuchte es Prettner mit jener Art hilfloser Autorität, die immer zum Scheitern verurteilt ist: „Soll ich Ihnen eine offizielle Weisung erteilen?"

„Klar", knurrte sein Kontrahent, „aber noch bin ich offiziell im Urlaub."

„Also gut", kapitulierte der Chef des Landeskriminalamts. „Lacher wird Sie bevorzugt unterstützen, für seine übrigen Aufgaben teile ich ihm jemanden zu."

Fuchs' nächste Station im Haus war das Büro von Chefinspektor Lacher, der ihn mit seinem strahlendsten Lächeln begrüßte.

Als Fuchs ihm vor knapp zwei Jahren als Abteilungsleiter vor die Nase gesetzt worden war, hatte er nicht damit gerechnet, freundlich aufgenommen zu werden. Doch Lacher erwies sich als sonniges Gemüt. Er war ein Skilehrertyp wie aus dem Fremdenverkehrsprospekt: blond, sportlich, blitzblaue Augen und jede Menge Lachfältchen im gebräunten Gesicht. Er hatte eine turbulente Laufbahn bei der Polizei hinter sich und keinerlei Ehrgeiz mehr, beruflich aufzusteigen – vermutlich auch keine Chance, denn seine Schwächen für hübsche Frauen und harte Getränke lieferten mehr Stoff für Anekdoten, als einer Beamtenkarriere förderlich sein konnten.

Fuchs ließ den Bericht der Wiener Kollegen auf Lachers Schreibtisch fallen und sich selbst in einen Sessel davor.

„Was weißt du von der Geschichte?"

„Wie war's in Schottland?", fragte sein Stellvertreter, anstatt ihm eine Antwort zu geben. „Nimmt es Sam auch so gelassen?"

„Sie redet nicht mit mir. Also, was weißt du?"

Lacher stellte das Grinsen ein und konzentrierte sich.

„Es handelt sich um einen Abdruck von Breuers rechtem Mittelfinger. Ein Privatdetektiv hat ihn auf der Innenseite einer DVD-Hülle gefunden. Einer Porno-DVD. Die Hauptdarstellerin verunglückte mit ihrem Sportwagen. Der Unfallbericht liegt bei."

„Hast du ihn gelesen?"

Lacher lächelte mit der ihm eigenen Offenheit.

„Sagen wir lieber überflogen. Ich bin reichlich eingespannt."

„Ab jetzt vor allem für mich. Ich genieße Vorrang. Kommt dir dieser Abdruck nicht komisch vor?"

Sein Kollege schüttelte heftig den Kopf. „Ein Porno ist doch der wahrscheinlichste Ort, an dem man ihn finden konnte."

Fuchs runzelte die Stirn.

„Mag sein. Mich wundert nur, dass ein Typ, der es verstanden hat, sich trotz weltweiter Fahndung eineinhalb Jahre lang in Luft aufzulösen, plötzlich so eine Visitenkarte liegen lässt."

„Shit happens", bemerkte Lacher lakonisch, „auch schlaue Gauner machen Fehler."

Der Chefinspektor blickte auf die Uhr.

„Ich fahre noch am Vormittag nach Wien. Überprüfe Breuers ehemaliges Umfeld, Frau, Freunde und so. Vielleicht gibt es dort ebenfalls Überraschungen."

„Sind ja nur zwei Dutzend Leute", meinte Lacher etwas säuerlich, dann knipste er die Lachfältchen wieder an. „Ich teile jeden ein, der die Nase ins Haus steckt. Prettner wird jubeln."

Fuchs griff nach dem Bericht der Wiener Bullen und ging.

Mit Samantha war es nicht so einfach. Sie nahm ein Sonnenbad auf der Dachterrasse, bekleidet mit einer Sonnenbrille und Nagellack.

„Du fährst nach Wien?", fragte sie. „Da komme ich mit."

„Es ist eine Dienstreise, Sam."

„Na und?"

„Ich kann dich nicht auf eine Dienstreise mitnehmen."

Sie schnippte mit den langen, schlanken Fingern.

„Dann fahre ich eben privat. Oder sperren sie die ganze Stadt, weil der berühmte Chefinspektor kommt?"

Fuchs wandte sich ab und ging wütend in den Schrankraum des Appartements, um seinen Koffer zu packen. Nach einigen Minuten folgte ihm Samantha, nun auch der Sonnenbrille ledig.

„Willst du mich wirklich nicht mitnehmen?", erkundigte sie
sich mit kehliger Stimme und offenbar zu allem bereit, um ihn
zu überzeugen.
„Nein!", fauchte der Chefinspektor.
Sam zählte nicht zu den geduldigen Vertreterinnen ihres
Geschlechts, sie fauchte zurück:
„Dann fahr zur Hölle! Ich gönne mir ein paar Wellness-Tage."
„Wohl bei deinem Masseur?", erkundigte er sich mit aller
Häme, die er aufzubringen vermochte.
„Genau bei dem!", erwiderte sie, plötzlich hochmütig
lächelnd. „Der weiß wenigstens, wie er mich anzufassen hat."
Dabei strich sie sich mit einer lasziven Bewegung von den
Hüften über den flachen Bauch und umfasste mit derbem
Griff die Brüste, um ihre Worte zu veranschaulichen.
Er schlug den Kofferdeckel zu.
„Mach, was du willst", stieß er hervor und stürmte aus
Garderobe und Appartement. Als er auf der Straße stand,
drang ihre Stimme von oben herab: „Das werde ich tun, du
mieser Bulle. Träum davon!"
Der Chauffeur des bestellten Taxis sah Fuchs'
Gesichtsausdruck und wäre beinahe weitergefahren. Er war
klug genug, auf dem Weg zum Bahnhof kein
Sterbenswörtchen zu verlieren.

6

Kurz nach halb zehn rollte der Railjet mit dem Chefinspektor aus dem Klagenfurter Hauptbahnhof. Fuchs fand ein leeres Abteil, machte es sich bequem und las die Unterlagen, darunter etliche Zeitungsausschnitte, die ihm der Oberst mitgegeben hatte.

Zuerst sah er die Presseartikel durch, anschließend ein kurzes Dossier über Mona Mohr, eine – gemessen an ihren noch jungen Jahren – beeindruckende Erfolgsgeschichte. Dann kam der Unfallbericht dran. Die Schauspielerin war gegen dreiundzwanzig Uhr von der Straße abgekommen. Die niedrige Böschung hatte den Roadster in die Luft katapultiert, wo er einen Baum regelrecht abriss. Auf den Fotos ähnelte die Unfallstelle der eines Flugzeugabsturzes, die Wrackteile lagen mehr als hundert Meter weit verstreut. Der Gerichtsarzt hatte eine Alkoholisierung von null Komma vier Promille festgestellt, außerdem die Rückstände einer Designerdroge, die Mona Mohr – vermutlich ebenso wie den Alkohol – kaum eine Stunde vor ihrer Todesfahrt eingenommen hatte. Eine durchaus brisante Mischung, laut Befund des Arztes.

Die null Komma vier Promille hatten ihren Weg in die Zeitungen gefunden, die Droge nicht. Und vor allem nicht die Waffe: Im Handschuhfach hatte sich eine kleine halbautomatische Pistole befunden. Im Magazin fehlte eine Patrone und es deutete alles darauf hin, dass die Waffe kurz vor dem Unfall abgefeuert worden war. Das führte zu diskreten Ermittlungen. Die Pistole war nicht registriert und Mona Mohrs Familie hatte entschieden jede Kenntnis von ihrer Existenz bestritten.

Fuchs erstellte eine chronologische Betrachtung der Ereignisse. Die Schauspielerin hatte sich auf der Rückfahrt nach Wien befunden, von wo sie um zwanzig Uhr aufgebrochen war. Zwei Zeugen wollten den roten TT in einem Dorf nördlich von Klosterneuburg gesehen haben, aber niemand hatte einen Schuss oder eine Schussverletzung gemeldet.

Mohr war beerdigt worden, kurz danach war ihr Bruder mit einer Porno-DVD ins Büro eines Privatdetektivs gekommen. Der hatte ein paar Fingerabdrücke prüfen lassen, praktischerweise direkt durch die Polizei. Einer der Abdrücke konnte Breuer zugeordnet werden und seither schrillten die Alarmglocken.

Fuchs lehnte sich zurück und sah der Landschaft beim Vorübergleiten zu. Er schlief ein und erwachte erst, als sich in Niederösterreich fünf übermütige Schüler in sein Abteil drängten. Bald darauf erreichte der Railjet den neuen Wiener Hauptbahnhof. Der Chefinspektor sah mehrere Reisegruppen, die zu den öffentlichen Verkehrsmitteln strebten, und entschied, dass ein abgebrochener Urlaub jedenfalls die Spesen für ein weiteres Taxi rechtfertigte. Er wählte das Hotel Regina im Stadtzentrum, das er von früheren Aufenthalten kannte. Der letzte lag allerdings schon Jahre zurück.

Die Einzelzimmer waren belegt, also nahm er ein Doppelzimmer, dessen Fenster zu Votivkirche und Universität blickten.

Er setzte sich ins Hotelrestaurant, aß eine Portion glacierte Kalbsleber und las anschließend in dem halben Dutzend der aufliegenden Zeitungen.

Sein erster dienstlicher Weg führte ihn in das Präsidium am Schottenring, das nur einen Katzensprung vom Hotel entfernt war. Um sechzehn Uhr hatte er einen Termin bei einem Oberst Krainer, der ihn einweisen sollte.

Der Oberst empfing ihn mit größter Pünktlichkeit. Er saß hinter einem Schreibtisch, der so mitgenommen aussah, als hätte er einige Jahre in einem Schützengraben verbracht. Der Oberst selbst wirkte wie ein Mann, dem es völlig schnuppe war, ob er seinen Zigarillo im Stadtbüro oder im Schützengraben rauchte. Sein Haar war silbergrau und kurzgeschoren, sein Gesicht kantig wie ein Randstein aus

Granit, seine Lippen schmal und seine Augen blaugrau. Und starr wie ein schwarzer Stachel saß in seinem Mundwinkel der glimmende Zigarillo. Beinahe hätte Fuchs salutiert. Einige stumme Sekunden lang musterten sich die Männer.

„Mein Großvater väterlicherseits war Kärntner", sagte der Oberst dann. „Lesachtaler Gebirgsjäger im Ersten Weltkrieg. Verreckt auf einem russischen Kornfeld im Zweiten. War nicht sein Gelände."

„Und Ihr anderer Großvater?"

„Ein Wiener Nazi. Einer von denen, die mithilfe der Pfaffen nach Südamerika abhauten. Setzen Sie sich doch endlich."

Fuchs setzte sich in einen Ledersessel mit Armlehnen, der den Eindruck machte, als sei er dem Schreibtisch auch in dessen schlimmsten Momenten nie von der Seite gewichen.

„Sie wissen, warum Sie hier sind?"

„Franz Breuer."

Der Oberst bewegte erstmals seine Hand. Er nahm den Zigarillo aus dem Mund und schüttelte die Aschensäule ab, ohne darauf zu achten, wo sie hinfiel.

„Das ist der offizielle Grund. Tatsächlich sind Sie das Schaf."

„Darf ich rauchen?", fragte Fuchs.

„Hier darf jeder rauchen. Sind Sie nicht überrascht?"

Der Chefinspektor steckte sich eine Zigarette an.

„Schaf im Sinn von Opferlamm?"

Ein paar Lachfältchen in den Augenwinkeln milderten den gemeißelten Ausdruck seines Gegenübers.

„Sie gelten als Spezialist für diesen Dreckstyp Breuer. Alle unsere Schaben im Haus – und davon gibt's viele – werden einen einzigen langen Finger bilden, der auf Sie zeigt, wenn wir den Kerl nicht erwischen."

„Warum erzählen Sie mir das?"

Mit der Fingerfertigkeit eines Hütchenspielers wechselte der Oberst den abgebrannten Stumpen gegen einen neuen.

„Weil ich es mir leisten kann. Vielleicht auch wegen des Lesachtals. Ich habe dafür gesorgt, dass man Ihnen zumindest keine Schaben unters Hemd schiebt. Vor der Tür wartet

Prohaska. Ordentlicher Bursche. Er ist Ihr
Verbindungsmann."

„Und Ihrer."

Die Züge des Obersts verwandelten sich wieder in
Naturgestein.

„Viel Erfolg, Chefinspektor. Sie sehen, ich bin sehr
beschäftigt."

Fuchs' Blick glitt über den Schreibtisch, auf dem nichts lag
als verstreute Asche. Der Oberst wollte einfach weiter seine
Fäden spinnen und davon abgesehen seine Ruhe haben. Fuchs
gönnte sie ihm.

Vor der Türe wartete ein junger Mann, der tatsächlich vor ihm
salutierte. Der Chefinspektor musterte ihn.

Es handelte sich um einen jener Inspektoren, wie sie die
Polizeischule seit einiger Zeit am Fließband produzierte: eins
achtzig bis eins fünfundachtzig groß, athletisch gebaut,
durchtrainiert, entschlossenes, offenes Gesicht und kräftiges,
kurz geschnittenes Haar.

Der Chefinspektor fragte sich seit Langem, was in den Köpfen
dieser Jungen vorging. Aus welchen Motiven hatten sie sich
für die Polizei entschieden, wie fassten sie ihren Beruf auf?
Sein Instinkt flüsterte ihm zu, dass sich hinter seiner Skepsis
vielleicht nur der Neid auf die frischen Gesichtszüge und die
muskulösen Körper verbarg. Er tröstete sich mit der schäbigen
Gewissheit, dass auch diese Generation in zehn Jahren mit
anderen Gefühlen nackt vor dem Spiegel stehen würde; etwa
am späten Abend eines langen Tags, der in einer Kneipe
geendet hatte, oder im frühmorgendlichen Grau nach viel zu
wenig Schlaf.

„Inspektor Prohaska", stellte sich der junge Mann vor, zu
allem Überfluss auch noch mit einer volltönenden,
vertrauenerweckenden Stimme.

„Fuchs", erwiderte der Chefinspektor. Seine eigene Stimme
klang immer ein wenig belegt von den Zigaretten und den
unzähligen hässlichen Fragen, die er im Lauf seiner Karriere
bereits hatte stellen müssen.

„Es ist mir eine Ehre", sagte Prohaska und errötete ein
bisschen, wohl, weil es so altmodisch herüberkam.
Dem Chefinspektor gefiel es trotzdem – oder gerade
deswegen. Er schüttelte Prohaska die Hand und fragte: „Kann
man hier einen guten Kaffee bekommen? Betonung auf
‚gut'?"
„Nicht unbedingt im Haus, Chefinspektor. Aber zwei Gassen
weiter gibt es ein sehr gutes Café. Soll ich Ihnen zuerst Ihr
Büro zeigen?"
„Das hat Zeit", wehrte Fuchs ab. „Probieren wir den Kaffee."

Der Espresso war stark und heiß. Es gab ein Raucherzimmer,
in dem ein überdimensionierter Luftreiniger dafür sorgte, dass
die Raucher atmosphärisch besser bedient waren als die
Nichtraucher. Einige von denen schienen das begriffen zu
haben und tranken ihren Kaffee nun ebenfalls hier im
Raucherzimmer. Mit der Verbitterung des ewig Verfolgten
malte Fuchs sich einen hässlichen „Nichtrauchen-verboten"-
Button aus, auf dem eine nicht angezündete Zigarette mit
einem dicken schrägen roten Balken durchgestrichen war.
Er zeigte Prohaska die schmale Mappe mit den amtlichen
Unterlagen und meinte:
„Das ist mein aktueller Stand, gibt es was Neues?"
Der Inspektor blätterte die Akte durch.
„Die Droge gehört zu dem Zeug, mit dem die Stadt seit
Monaten überschwemmt wird. Es existieren viele
unterschiedliche Varianten, die so schnell auftauchen und
wieder verschwinden, dass die Namen von vorgestern heute
schon vergessen sind. Einen Überblick haben nur noch die
Chemiker. Die Wirkung beschreiben sie als explosiv."
„Wurde der Bruder der Schauspielerin befragt?"
„Nur wegen der Pistole. Sie bekam die DVD mit der Post
zugeschickt. Er hat sie nach ihrem Tod zufällig entdeckt."
„Haben Sie das Video gesehen?"
Prohaska nickte.

„Es ist krass. Wie eine Gruppenvergewaltigung, bei der das Opfer tut, als ob alles in Ordnung wäre."

„Ist es in Wien üblich, dass die Bullen Fingerabdrücke für Privatschnüffler analysieren?"

Die Frage gefiel dem Inspektor nicht.

„Starhovsky ist nicht irgendein Schnüffler, Chefinspektor, er ist eine Legende. Er hat schon alle Wiener Größen gekannt, als die Kollegen, die jetzt in Pension gehen, noch den Kindergarten besuchten."

Fuchs sah auf die Uhr.

„Können wir ihn aufsuchen?"

„Natürlich, es ist nur ..." Der junge Mann errötete erneut und verstummte.

„Haben Sie eine Verabredung?"

Prohaska nickte, den Blick fest auf seine leere Tasse gerichtet.

„Sie müssen ja nicht mitkommen. Können Sie mich ankündigen?"

„Ja, aber ich weiß nicht, was der Oberst dazu sagen wird."

„Von mir erfährt er es nicht. Außerdem bestehe ich darauf, mit Starhovsky allein zu sprechen."

Der Inspektor grinste. „Weil Sie uns nicht trauen?"

Fuchs grinste zurück. „Der Oberst versteht das. Er traut auch keinem. Rufen Sie in der Detektei an."

7

Eine halbe Stunde später wurde Fuchs von Starhovsky persönlich willkommen geheißen. Sein großes Büro mochte schon seinem Großvater und Urgroßvater als Empfangs- und Arbeitszimmer gedient haben. An der Einrichtung war nicht viel geändert worden. Sekretäre, Tischchen, Stühle und Sofas mit elegant geschwungenen Linien aus poliertem Kirsch- und Nussfurnier verbreiteten eine biedermeierliche, aber immer noch beschwingte Atmosphäre. Der große Schreibtisch bildete einen klobigen Gegenpol dazu. Ein Flachbildschirm an der Wand wirkte so deplatziert wie eine Discokugel im Audienzgemach des letzten österreichischen Kaisers.

„Nehmen Sie Platz", bat der Detektiv. „Ich verständige meinen Mitarbeiter."

Er drückte auf eine Taste seiner Sprechanlage: „Herr Penta." So rasch, als ob er vor der Tür gewartet hätte, trat ein Mann Mitte dreißig ein. Klein, salopp gekleidet, mit einem runden Kopf und einem verträumten Blick. Eine ferne Erinnerung tauchte in Fuchs auf, vage und ungewiss. Er stand auf und schüttelte dem Neuankömmling die Hand.

„Hallo Terry", sagte der mit einer sanften Stimme, die gut zu den Augen passte. „Wie geht's?"

Die Erinnerung gewann schlagartig an Konturen. Ein Nachtlokal im ersten Bezirk, der Stephansplatz im Sonnenaufgang, der junge, verbummelte Kärntner Student, den er am Abend davor kennengelernt und mit dem er zuerst das Abendessen und dann einen akuten Anfall von Heimweh geteilt hatte. Der neben ihm durch den Sonnenaufgang gewankt war und dennoch Sätze gesprochen hatte, so klar wie das Morgenlicht.

Er hatte Fuchs seinen Entschluss bekannt gegeben, ohne jegliche weitere Verzögerung nach Hause zu marschieren, womit er, wie er hervorgehoben hatte, nicht das miese Loch im Studentenheim meinte, sondern das Haus seiner Eltern in Sankt Georgen bei Villach. Mangels finanzieller Mittel hatte er geplant, die Strecke – läppische dreihundertsechzig Kilometer – zu Fuß zurückzulegen; zwischen den Schienen der Südbahn, was ihn unfehlbar davor bewahren würde, sich zu verirren.

Der Student war zum Opernring marschiert, wo er auf der Trasse der Linie D Aufstellung genommen hatte, die direkt zum damaligen Südbahnhof führte.

„Ich muss los. Kommst du mit?"

Fuchs, weniger betrunken und bereits mit einer Handvoll Dienstjahren als Polizist im Gepäck, hatte erwidert: „Wir verschieben es auf morgen. Ich habe noch etwas zu erledigen."

Mit einem Taxi hatte er seinen Begleiter zu dessen Heim gebracht. Acht oder neun Jahre mochte das zurückliegen.

„Mir geht es gut. Bist du damals noch nach Sankt Georgen gegangen?"

Der kleine Detektiv deutete ein Lächeln an.

„Allein hätte es keinen Spaß gemacht."

„Wie nett", bemerkte Starhovsky ungerührt. „Die Herren kennen sich bereits."

„Haben Sie von Ihrem Klienten noch etwas gehört?", fragte Fuchs.

Der alte Herr glättete sorgfältig die Spitzen seines Schnurrbartes und drehte sie vorsichtig nach oben, als ob es sich um ein besonders zerbrechliches Material handelte, was möglicherweise ja der Fall war.

„Ich bin nicht sicher, ob Herr Mohr noch zu unseren Klienten zählt. Ihm kam es auf eine möglichst diskrete Handhabung an. Nachdem mittlerweile der halbe Polizeiapparat des Landes damit befasst ist, könnte er das als einen Misserfolg unsererseits interpretieren."

„Interpretieren Sie es als Misserfolg?"

„Nein, als höhere Gewalt. Ich habe selten einen Polizeioffizier erlebt, der so aufgedreht war wie unser Präsident. Ihr Breuer erfreut sich eines außerordentlichen Respekts."

„Wie ein Hai, der einen Schwimmer dreimal umkreist, ehe er abtaucht", erwiderte der Chefinspektor.

Starhovsky wiegte wenig beeindruckt den Kopf.

„Nach der überraschenden Wendung der Dinge haben wir – ganz im Sinn des Präsidenten – nichts mehr unternommen. DVD und Kuvert befinden sich im Besitz der Behörde. Können wir darüber hinaus etwas für Sie tun?"

Fuchs verstand es als höflich formulierte Verabschiedung.

„Hast du das Video schon gesehen?", warf Penta ein.

„Nein."

„Ich habe mir einige Gedanken dazu gemacht. Wenn du es anschauen willst ..."

„Ihr besitzt eine Kopie?"

Der Detekteichef ließ sich nicht anmerken, was er vom Vorschlag Pentas hielt, aber er bezog Fuchs' Frage auf sich.

„Herr Mohr hat seinen Auftrag nicht zurückgezogen. Und der Präsident hatte keine Einwände."

„Kann ich es starten?", fragte sein Angestellter.

„Natürlich."

Starhovsky erhob sich und verließ den Raum, nachdem er Fuchs formvollendet die Hand gedrückt hatte. Er sprach nicht direkt aus, dass es ihn anwiderte, sich das Machwerk nochmals anzusehen, aber seinem Schnurrbart gelang es, genau dies zum Ausdruck zu bringen.

Das Video umfasste siebenundvierzig Minuten. Es war keine durchgehende Aufzeichnung, eher eine willkürliche Ansammlung von Szenen, teilweise mit den gleichbleibenden Einstellungen einer fixierten Kamera, teilweise aus der Hand gefilmt. Unruhig, aber mit viel Aufmerksamkeit fürs Detail. Allerdings bezogen sich diese Sequenzen weniger auf pornografische Einzelheiten als auf Nahaufnahmen der männlichen Beteiligten, die lediglich ihre Masken trugen, die wie Vollvisierhelme auch ihre Hinterköpfe verhüllten.

Nur einer der Clowns war in seinem Sessel sitzen geblieben. Der Kameramann ging zu ihm, bis die Maske das Bild zur Gänze füllte. Man sah die Augen des Manns durch die starren

Löcher seiner Larve glitzern; ein unheimlicher Anblick. Offenbar sprach der Filmende mit ihm, denn plötzlich schüttelte der andere heftig seinen Kopf. Dann hielt er wieder still, als hörte er zu. Die Szene wirkte noch gespenstischer, weil kein Ton zu vernehmen war.

Der Kameramann trat wieder zurück und hielt fest, wie der fünfte Harlekin sich langsam erhob, seine Tunika fallen ließ und nackt auf das runde Bett zusteuerte. Bereitwillig wurde ihm Platz gewährt. Er sank auf die Frau. Nach weniger als einer Minute stemmte er sich hoch und kehrte zu seinem Platz zurück. Dort ließ er sich in die Polsterung fallen, als habe ihn der kurze Akt völlig entkräftet. Die Kamera schwenkte wieder zum Hauptschauplatz des Geschehens und verfolgte es weitere zwanzig Minuten lang, bis der Film abrupt endete.

Der Chefinspektor schwieg eine Weile, ehe er zu sprechen begann.

„Der mit der Handkamera ist überhaupt nicht an der Frau interessiert, was meinst du?", fragte er.

„Er ist auch nicht am Sex interessiert", bestätigte Penta.

„Er dokumentiert die Männer", stellte Fuchs fest. „Wir würden sie nicht erkennen, wenn wir ihnen auf der Straße begegneten – dafür sorgen die Masken. Doch Menschen, die sie intimer kennen …"

Penta spann den Gedanken fort. „Ehefrauen, Freundinnen, Kumpels aus der Sauna, Leute, mit denen sie baden oder segeln gehen …"

„Ärzte", fügte der Chefinspektor hinzu, „Masseure, Therapeuten. Kinder, die ihren Vater jahrelang im Badezimmer gesehen haben."

„Die könnten sie anhand mancher Merkmale oder auch aufgrund des Gesamtbildes so sicher wiedererkennen wie andere am Gesicht."

„Das ist kein Pornovideo", meinte Fuchs zum Schluss, „sondern Stoff für Erpressungen. Es ging nicht darum, Mona Mohr unter Druck zu setzen. Die wurde schon zuvor erpresst, damit sie bei dieser Party mitmachte. Vielleicht sollte sie nur genau sehen, welche Typen beteiligt waren. Vielleicht erkannte sie einen. Vielleicht ging es dem Absender genau darum."

„Dann müsste sie einem der Kerle nahegestanden haben", sagte Penta.

„Ja, das macht es nicht besser, oder?"

Das Standbild wich einem Bildschirmschoner. Der Chefinspektor blickte durch den Store in den Abendhimmel. Er sah so unschuldig aus, dieser Himmel. Oder nur völlig gleichgültig. Fuchs lenkte seinen Blick zurück in das altehrwürdige Büro, das bei zunehmender Dämmerung ein bisschen verstaubt wirkte, ohne verstaubt zu sein, und meinte: „Was zu der Frage führt, womit man eine Frau wie Mona Mohr zu so einer Orgie bewegen oder zwingen kann."

„Ihr Bruder tippt auf das Kind. Vielleicht eine Entführungsdrohung."

Fuchs schüttelte den Kopf.

„Die Mohr war eine zielstrebige junge Frau, die sich schon mit fünfundzwanzig als Schauspielerin durchgesetzt hatte. Nicht irgendwo, sondern in Wien. Die gibt sich nicht einer Horde Clowns hin, nur weil ihr einer sagt, dass er sonst ihre Tochter entführt."

„Und wenn die Tochter schon entführt war?", mutmaßte Penta.

„Möglich. Aber zuletzt befanden sich beide in Sicherheit. Warum ging sie nicht dann zur Polizei?"

„Aus Scham?"

„Nein", erwiderte der Chefinspektor und bezog vage sein eigenes Gefühlsleben mit ein. „Da würde der Hass auf die Typen schwerer wiegen."

Er betrachtete erneut den Himmel. Auf der Terrasse des gegenüberliegenden Penthouse zeichnete sich die luftige Krone eines kleinen Laubbaums scharf ab vor dem hellen Orange. Die Aussicht auf einen Fernsehabend in seinem Hotelzimmer erschien ihm mit einem Mal fast unerträglich.

„Was hältst du von einem Abendessen?"

„Stört mich nicht", meinte Penta. „Aber zuerst ein Bier."
Sie trabten in stillem Einverständnis vom ersten in den
neunten Bezirk. Nicht in der Hoffnung, dort etwas billiger
oder besser zu bekommen, nur weniger abgehoben. Penta
führte den Chefinspektor in ein kleines Lokal, eine Mischung
aus Bar und Imbiss, in dem er als alter Bekannter begrüßt
wurde. Sie bestellten Bier und Essigwurst mit Kernöl. Der
kleine Detektiv mit dem verträumten Blick trank das erste
Glas in einem Zug aus. Der Kellner hatte ein zweites bereits
gezapft und nur aus Feingefühl nicht sofort serviert. Als Fuchs
sein Glas geleert hatte, hielt Penta bereits bei Nummer vier.
„Wie alt ist Starhovsky?", erkundigte sich der Chefinspektor.
„Zweiundachtzig."
„Inspektor Prohaska hält ihn für etwas Besonderes."
„Nun, er lebt und arbeitet in einem Innenstadtpalais, das seit
Generationen der Familie gehört. Er hat in den besten
Restaurants einen ständig reservierten Platz, der nicht einmal
vergeben würde, wenn der Bundespräsident zur Tür
hereinkäme. Er war mit allen Regierungsmitgliedern der
Nachkriegszeit befreundet oder wenigstens bekannt und er
fährt einen Rolls-Royce, den ihm sein Urgroßvater zu seiner
Geburt geschenkt hat."
„Wie bist du auf die Idee mit den Fingerabdrücken
gekommen?"
„Du hast das Video gesehen. Ich dachte, die Typen sind so
abgefahren, die achten vielleicht gar nicht auf solche
Kleinigkeiten."
„Gerade auf den Mann, der identifiziert wurde, trifft das
überhaupt nicht zu."
Penta ließ es sich durch den Kopf gehen.
„Was dann? Ein gefakter Print? Geht das wirklich?"
„Nicht unbedingt gefakt", sagte Fuchs.
„Glaubst du etwa, der hinterließ den Abdruck absichtlich?"
„Das halte ich für wahrscheinlicher, als dass Breuer aus
Versehen so ein Fehler passiert."

In die sanfte Stimme des Detektivs schlich sich ein sanfter Zweifel.

„Überschätzt du ihn möglicherweise?"

„Möglicherweise."

Der aufmerksame Kellner brachte die nächste Runde. Dann noch eine. Fuchs fühlte sich leicht beschwipst, an Penta konnte er keine Veränderung entdecken.

Doch mit einem Mal legte der seine Hand auf Fuchs' Arm und sah ihm beschwörend in die Augen.

„Du bist Kriminalbulle in Klagenfurt und nach Wien beordert worden, um einen besonders schweren Jungen zu schnappen, richtig?"

„Richtig."

„Was würdest du tun, wenn du hier jemandem begegnest, der vermutlich illegal eingereist ist?"

Fuchs zuckte die Achseln. „Ich würde meinen, das geht mich nichts an."

„Und wenn dieser Jemand im Ausland ein Gesetz gebrochen hätte?"

„Gibt es einen internationalen Haftbefehl oder ist ein Österreicher beteiligt?"

„Nein."

„Dann würde ich immer noch meinen, dass es mich nichts angeht. Aber geh besser nicht zu sehr ins Detail."

Der Detektiv gab dem Kellner ein Handzeichen, der Kellner nickte.

„Gehen wir?"

„Wir haben noch nicht gezahlt."

„Das ist erledigt."

Penta wischte Fuchs' Protest mit einer Geste weg.

„Vor neun Jahren hast du bezahlt. Heute bin ich dran. Begleitest du mich? Du musst Bika kennenlernen."

„Wer ist Bika?"

„Eine tschetschenische Freundin. Sie wohnt bei mir."

„Ist es nicht zu spät für einen Besuch?"

Penta lächelte.

„Bika ist ziemlich unkonventionell. Eine Kriegerin, die in der Nacht zur Bestform aufläuft."

„Wie bist du an eine tschetschenische Kriegerin geraten?", fragte Fuchs, als sie das Lokal verließen.

„Ich bin Sachensammler", erklärte Penta.

„Alltagsgegenstände, für die meisten wertloses Gerümpel, Abfall. Aber nicht für einen Sachensammler. Das führt mich öfter in leer stehende Häuser und vor allem Keller. Altes Zeug wandert gerne in Dachböden und Keller. Wenn die Leute ausziehen, lassen sie es zurück. Und ihre Nachfolger kümmern sich nicht darum. Neue Eigentümer misten manchmal aus, aber in vielen Häusern geschieht das nur alle heiligen Zeiten – und kleine Dinge bleiben sogar dann liegen."

„Und bei so einem Streifzug hast du Bika getroffen?"

„Ja", stimmte der Detektiv zu, während sie die Nußdorfer Straße überquerten. „Genau genommen hat sie mich gefunden – oder vielmehr gestellt. Ich bin in einem Keller voller Müll auf einen Gang gestoßen und natürlich mit meiner Taschenlampe hinein. Wer weiß denn, was man in einem Gang findet, den vielleicht seit Jahrzehnten niemand betreten hat? Ich schaue also mit meinem Röntgenblick auf den schmutzigen Boden, als unmittelbar hinter mir jemand ‚He!' ruft. Du kannst dir vorstellen, dass mir vor Schreck fast das Herz in die Hose fiel. Als ich mich umdrehe, steht Bika da und mustert mich misstrauisch. Offenbar fand sie mich nicht bedrohlich. Jedenfalls viel weniger als ich sie."

Sie näherten sich dem Gürtel.

„Als ich so weit war, dass ich wieder Luft holen konnte, stammelte ich: ‚Wer bist denn du?'

Sie grinste mich an. ‚Ich Bika.'

Sie redet ein bisschen eigentümlich, musst du wissen. Ich fragte, was sie da unter der Erde mache.

‚Ich muss verstecken', antwortete sie vergnügt. ‚Die mich wollen finden.'

‚Wer?'

‚Familie von Schwein.'

‚Welchem Schwein?'

‚Schwein meine Schwester entführt. Nach drei Tagen sie
wiederbringen. Sie nicht mehr Frischfrau.'

‚Jungfrau?', riet ich.

Sie nickte.

‚Ich Schwein abgemurkst mit seine eigene Messer.'

Das hat mich unangenehm berührt.

‚Ganz und gar gemurkst?'

Bika lachte herzlich.

‚Ganz und gar. Vorher ich gemurkst sein Pimpi und
Sackhoden.'

‚Hodensack', verbesserte ich und überlegte krampfhaft, wie
ich abhauen könnte. Tiefer in den Gang oder an ihr vorbei?

‚Ja!', strahlte sie. ‚Ich schlau gefragt, ob er mich auch will
ficki-ficki wie Schwester. Dummes Schwein will. Wie wir
nackig, ich nehmen sein Messer aus Hose und ritsch. Er
heulen und jammern. Ich ihn lassen ein bisschen. Dann
stechen Messer in Brust und Schwein ist tot.'

‚Dann bist du nach Wien geflohen und seine Familie ist dir
gefolgt?'

‚Genau.'

‚Aber du kannst dich nicht ewig hier verstecken.'

‚Nicht ewig. Ein, zwei, drei Jahre. Bis Schweinfamilie
verschwinden. Viel Platz hier unten, viele Löcher.'

‚Gänge?'

‚Gänge.'

Ich war ziemlich sicher, dass sie komplett durchgeknallt war.
Sie wirkte allerdings sehr überzeugend und war – wenn ihre
Geschichte stimmte – auch sehr einsam, irgendwie anrührend.
Vor allem aber wollte ich raus und sagte deshalb: ‚Das geht
nicht. Ich habe eine große Wohnung. Laut, aber groß. Du
kannst dich bei mir verstecken.'

‚Wirklich?'

‚Ja, wirklich.'

Sie umarmte mich. Ich bekam tatsächlich eine Gänsehaut.

‚Du lieb Mann. Wollen in großer Wohnung ficki-ficki?'
Nichts gegen ficki-ficki, aber womöglich war das Abmurksen
gleich inbegriffen.
‚Lieber nicht', meinte ich.
Sie lachte mich aus.
‚Nicht müssen Angst. Ich kein Messer.'
‚Bestimmt nicht?', fragte ich.
Plötzlich hielt sie mir ein Stilett ein paar Millimeter vor die
Augen. Ich hatte nicht mitbekommen, wie es in ihre Hand
gelangt war. Die Klinge endete in einer schönen, schlanken
Spitze. So eine, die dein Herz durchbohrt, bevor du begreifst,
dass deine Schwarte einen neuen Eingang hat.
‚Nur winzig. Nicht Angst.'
Das Stilett verschwand. Ich wartete auf den Schmerz. Er kam
nicht.
‚Nur winzig', murmelte ich. ‚Nicht Angst. Gehen wir.'
Das war's."
Der Chefinspektor und der Detektiv folgten dem Gürtel, auf
dem der Verkehr immer noch vielspurig vorbeidonnerte.
Fuchs räusperte sich. „Ich gehe als Bulle davon aus, dass die
Aussage deiner Bika nicht gerade glaubwürdig ist."
„Ist sie nicht", bestätigte Penta voll Pathos. „Sie ist nur eine
junge Frau mit einer lebhaften Fantasie. Mit einer beinahe
überdrehten Fantasie. Hier sind wir."
Er öffnete eine alte, mit Verkehrsruß patinierte Tür zu einem
ehemaligen Warenlager und bat Fuchs hinein. Als die Tür
hinter ihnen ins Schloss fiel, nahm der Straßenlärm ein wenig
ab. Um ein knappes Zehntel, schätzte Fuchs. Aus dem
Halbdunkel tauchte eine kleine, hübsche, fremdartige Frau
auf.
„Hallo Bika", sagte der Detektiv. „Das ist mein Freund Terry
Fuchs. Terry – Bika."
„Freut mich", murmelte Fuchs.
Sie senkte kurz den Blick, betrachtete ihn dann aber mit
unverhohlener Neugier.

Bika trug ihr schwarzes Haar in einer Ponyfrisur, sie hatte ein dunkelbraunes, ovales Gesicht von leicht asiatischem Schnitt. Über den schwarzen Augen wölbten sich kräftige Brauen. Die Spitze ihrer Nase ragte vorwitzig nach oben, der Mund war ziemlich breit mit vollen Lippen. Sie hatte eine auffallend zierliche Figur, sehr schmale Hände, kleine Füße. Unvermittelt lächelte sie, zeigte dabei ihre kleinen schimmernden Zähne, nahm Fuchs' Hand und zog ihn aus dem Flur in ein benachbartes Zimmer.

Es sah aus wie ein Hybrid aus Archiv und Kleinküche, mit lückenlos an die Wände gereihten Glasvitrinen, zwischen die sich in einem Eck eine Herdplatte, ein Abwaschbecken und ein Regal mit ein paar Tellern und Töpfen drängten. Ein klappriger Holztisch aus der Zeit der Jahrhundertwende – aber der vorvorigen – vervollständigte mit vier Sesseln die Einrichtung.

„Küche", sagte Bika stolz. „Ich gut kochen für Penta-Mann. Manchmal."

Der kleine Detektiv nickte stoisch. Fuchs ging an den Vitrinen entlang wie ein Staatsoberhaupt an der Ehrengarde. Auf rotem und grünem Samt, präsentiert wie Schmuckstücke, reihte sich eine reichhaltige Kollektion alter, kaputter, verfärbter Alltagsgegenstände. Von der Gabel mit nur einem Zinken über verrostete Gürtelschnallen bis zu einer Pfanne ohne Boden. Und unzählige Knöpfe und Knopfteile in allen Phasen ihrer Auflösung.

Penta wirkte verlegen.

„Irgendwie morbide, nicht wahr?"

„Wie alle Museen", erwiderte Fuchs diplomatisch.

Bika strahlte.

„Kommen, Terry-Mann. Sehen Organismus von Bika."

Der Chefinspektor sah fragend zu seinem Landsmann.

Penta hob die Achseln.

„Sie meint den Höhepunkt meiner Sammlung, den ich ihr zu verdanken habe."

„Ah, ja. Den Organismus."

Bika griff erneut nach seiner Hand und führte ihn in den angrenzenden Raum. An den Wänden standen weitere Vitrinen voll mit gesprungenem Geschirr, in der Mitte ein solider Esstisch, flankiert von Stühlen verschiedener Epochen und ganz allein stehend der Höhepunkt, sorgfältig arrangiert in einem gepolsterten Lehnstuhl: ein mit den Resten einer alten Uniform bekleidetes Skelett mit übereinandergeschlagenen Beinen. Die rechte Knochenhand lag auf der Armlehne und hielt den Kolben einer Pistole. Auf dem Schädel thronte ein napoleonischer Zweispitz.

„Esszimmer unser!", verkündete die Tschetschenin.

Fuchs fühlte die auf ihn gerichteten erwartungsvollen Blicke.

„Wirklich schön. Wo habt ihr diesen Gast her?"

Penta stellte eine Flasche ohne Etikett auf den Tisch, Bika verteilte Gläser.

„Sie hat ihn entdeckt", sagte der Detektiv, nachdem sie sich gesetzt hatten und der Schnaps eingeschenkt war. „Bika hat ein unglaubliches Näschen für den Untergrund. Als sie begriff, wofür ich mich interessiere, führte sie mich in eine Kammer irgendwo tief unter der Freyung, wo dieser Bursche lag. Ein Franzose aus der Zeit des Wiener Kongresses. Hat sich wohl eine Kugel in den Kopf geschossen."

Der Chefinspektor roch am Schnaps.

„Keine Sorge", sagte Penta schnell. „Das ist ganz normaler Birnenbrand."

Nach zwei oder drei Gläschen verabschiedete sich Fuchs und fuhr mit dem Taxi ins Hotel. Bika hatte ihm einen feurigen Kuss mitgegeben und eine eindeutige Einladung. Er duschte, nahm vorsorglich ein Aspirin und schlief auf der Stelle ein.

8

Am nächsten Morgen piepste der Handywecker fünf Minuten lang, ehe Fuchs die Augen aufschlug und ihn stoppte. Weitere fünf Minuten lag er auf dem Rücken und versuchte die Erinnerung an den vergangenen Abend, an Bika und ganz besonders an das Skelett in Uniform in die Rubrik seltsame Träume einzuordnen. Es gelang nicht. Der Soldat, der die letzten zweihundert Jahre in einer Katakombe verbracht hatte, saß nun tatsächlich in Pentas Lehnstuhl und leistete ihm und seiner Freundin während der Mahlzeiten Gesellschaft. Er tröstete sich mit der Annahme, dass es noch viel ärgere Schrullen gab – auch wenn ihm auf Anhieb keine einfallen wollte. Vor allem hoffte er, dass Pentas seltsames Hobby nichts mit seiner eigenen Aufgabe zu tun bekäme.

Um Punkt acht stand Inspektor Prohaska im Speisesaal. Auf einen Wink Fuchs' setzte er sich an dessen Tisch, bekannte, ein ausgiebiges Frühstück im Bauch zu haben, und verzehrte unbekümmert ein zweites.

„Wie war Ihre Verabredung?", fragte Fuchs.

Erwartungsgemäß errötete der Inspektor, grinste und sagte: „Gut. Und Ihre?"

„Interessant", erwiderte der Chefinspektor. „Ich möchte wissen, wie Mona Mohrs letzter Abend verlief. In der Akte steht nichts darüber."

„Wir haben mit der Familie gesprochen – vor allem wegen der Waffe, aber nicht nur deshalb. Laut ihrer Schwägerin fuhr sie abends um neun unvermutet weg. Sie wirkte aufgebracht, bat die Schwägerin, auf Klara aufzupassen, und verschwand. Mehr als drei Stunden später verunglückte sie in Fahrtrichtung Wien."

„Ich habe das Video gesehen", sagte Fuchs. „Nehmen wir an, sie hat einen der Harlekine erkannt und wollte ihn zur Rede stellen. Wo kann das gewesen sein?"

„Lässt sich schwer eingrenzen. An Tempolimits hielt sie sich offenbar nicht und niemand weiß, wie viel Zeit sie allenfalls auf einen Besuch – wo auch immer – verwendet hatte. Ein Journalist machte in Harmannsdorf zwei Zeugen ausfindig, die einen roten Audi TT Roadster gesehen hatten. Jedenfalls könnte sie auf ihrer Rückfahrt nur einen oder auch hundert Kilometer zurückgelegt haben."

„Sehen wir uns die Unfallstelle an", meinte der Chefinspektor.

Der Verkehr floss langsam wie dicker Honig. Inspektor Prohaska bewegte den Wagen jedoch darin voran, als sei der eine Forelle in einem Gebirgsbach. Er nützte jede Lücke und wechselte die Spuren so geschmeidig, dass sich kaum einer der chronisch cholerischen Wiener Autolenker die Mühe machte, zu hupen oder ihm den Vogel zu zeigen. Vielmehr schien ihm die träge rollende Masse eine Art kollektiver Anerkennung zu zollen – als einem der ihren, der sie alle durch seine besondere Begabung irgendwie erhöhte. So, wie die Menschheit ihre Genies aus Kunst, Wissenschaft und Sport auf den Schild hebt, um sich selbst zu beweisen, dass sie zu mehr imstande ist als nur zu Gewalt, Ausbeutung und Intoleranz.

Fuchs warf seinem Fahrer hin und wieder einen Seitenblick zu. Der saß völlig entspannt in seinem Sitz, lenkte mit den Fingerspitzen und streichelte die Pedale mit den Füßen. Ein Künstler. Ein Künstler in den Reihen der Bullen. Und wenn seine Kunst nur in der punktuellen Verwandlung von zäh fließendem Verkehrshonig in Forellenwasser bestand, so war sie darum keine geringe Kunst.

Hinter Klosterneuburg löste sich der Honig auf und der Inspektor wurde wieder zu einem ganz alltäglichen Bullen, der ein Auto zu einem Ziel lenkt.

Das Ziel lag an einer Landstraße, die schnurgerade zwischen Feldern und Alleebäumen verlief. Die Bäume waren in einem Abstand von etwa fünfzig Metern gepflanzt worden. Wenn man mit hohem Tempo in einem flachen Winkel von der Straße abkam, ließ es sich kaum vermeiden, einen davon zu treffen. An der Unfallstelle hatte sich rund um den Baumstumpf eine kleine Gedenkstätte gebildet.

Ein Auto parkte im Grünstreifen neben der Straße, ein türkiser Golf. Inspektor Prohaska reihte sich dahinter ein. Sie stiegen aus und überquerten die Straße. Der gefällte Baum war entfernt worden, sein zersplitterter Stumpf in einem halben Meter Höhe sauber gekappt. Man erkannte an der hellen Schnittfläche, dass das Drama noch nicht lange zurücklag. Rund um dieses hölzerne Mahnmal standen Kerzen und Vasen mit Blumen darin, einige Gestecke lagen auf der Wiese, Fotos der Mohr waren an die Rinde geheftet. Eine große, hagere Frau stellte gerade eine Friedhofskerze in dieses Ensemble der Trauer. Dann entfernte sie einige verwelkte Blumen. Beim Näherkommen erkannte Fuchs kurze Botschaften des Mitleidens und der Liebe auf etlichen der Fotografien. Manche Fans der Schauspielerin hatten auch nur schlichte Zettel hinterlassen. „In Liebe", „Es bricht mir das Herz", „Du wirst unvergessen bleiben", las der Chefinspektor. Dann stach ihm eine Bleistiftzeichnung ins Auge. Sie steckte in einem offensichtlich teuren Rahmen und zeigte einen Clown, reduziert auf seine einfachsten Züge. Eine Reihe roter Punkte zog sich von seinen Augen zum Kinn. Der Clown weinte, obwohl seine Mundwinkel fröhlich nach oben wiesen. Er bückte sich und hob das Bild auf.

„Was machen Sie da?", wollte die hagere Frau wissen, barsch und ärgerlich.

„Ich will mir die Zeichnung ansehen. Stammt sie von Ihnen?" Die Frage stimmte sie versöhnlicher.

„Nein. Ein Herr hat sie hier abgestellt. Ein feiner Herr. Maßanzug, Krawatte, kein Stäubchen auf den Schuhen. Fährt einen schicken Jaguar. Haben Sie die Mohr auch so verehrt? Eine Große. Und noch so jung."

„Wir haben sie alle verehrt", sagte Inspektor Prohaska überraschend gefühlvoll.

Die Frau schluchzte auf und der Inspektor sah für Sekunden so aus, als ob er tröstend seinen Arm um ihre Schultern legen wollte, unterließ es aber.

„Ich komme fast jeden Tag hierher und kümmere mich ein bisschen um Ordnung. Es ist das Einzige, was ich jetzt noch für sie tun kann."

Fuchs studierte die Zeichnung.

„Kennen Sie den Herrn?", erkundigte er sich.

Sie lachte rau, halb verbittert, halb verächtlich. „Sehe ich so aus? Ich kenne überhaupt niemanden, der ein solches Auto bezahlen könnte. Meine Bekannten und ich fahren gebrauchtes Altblech. Und das so lange, bis es auseinanderfällt."

„Wann hat er die Zeichnung denn hergebracht? Der Rahmen wirkt nagelneu."

„Erst vor einer Stunde", erwiderte sie. „Aber er hielt öfter hier. Immer brachte er Blumen, rote Rosen."

Sie wies auf mehrere Gestecke unterschiedlicher Frische.

„Haben Sie mit ihm gesprochen?"

In einer Geste der Abwehr hob sie beide Hände. „Was denken Sie denn? Ich glaube nicht, dass er mich überhaupt bemerkt hat. Aber ich nahm es ihm nicht übel, er sah wirklich traurig aus. Verstehen Sie mich nicht falsch. Er sah aus wie ein polierter Lackaffe, aber die Trauer war echt."

Fuchs reichte das Bild an Prohaska weiter. „Erinnert Sie das an etwas?"

„Ein weinender Clown", entgegnete der Inspektor sofort.

„Ja. Und?"

Diesmal folgte die Antwort zögerlich. „Sie meinen …"

„Natürlich meine ich", sagte Fuchs mit schwindender Geduld und wandte sich wieder zur hageren Frau, die seinem Blick nun deutlich aufmerksamer begegnete.

„Haben sie auf die Nummer des Jaguars geachtet?"

„Klar. War nicht schwer. Ein Wunschkennzeichen. ‚W VIVI irgendwas'. Die Ziffer hab ich mir nicht gemerkt. Eine Eins war es nicht."

„VIVI wird auch reichen. Danke."

„Sind Sie von der Polizei?", erkundigte sich die Frau mit plötzlich verändertem Ton. „Stimmt etwas nicht? Ich meine, war es gar kein Unfall?"

„Ein Unfall war es bestimmt", murmelte Fuchs. In Richtung Prohaska sagte er: „Halten Sie die Personalien der Dame fest. Vielleicht benötigen wir noch ihre Aussage."

Mit dem Bild in der Hand machte er sich auf den Weg zum Wagen.

„He!", rief sie ihm nach. „Wollen Sie das etwa mitgehen lassen?"

Er wandte sich um. „Ich lasse nichts mitgehen, es könnte sich um ein Beweisstück handeln."

In ihrem Blick las er Ärger, und neben dem Ärger Gier. In dem Moment begriff er, dass sie es nun selbst auf die Zeichnung abgesehen hatte. Der reiche Pinkel im Jaguar, das Interesse der Polizei. Sie hatte sich schnell was zusammengereimt und sah nun die unverhofften Felle davonschwimmen, noch ehe sie ihre Hand drauflegen konnte. Er zuckte die Achseln und entfernte sich. Die Frau zog widerstrebend einen Ausweis hervor und reichte ihn Prohaska, der sich nicht etwa Notizen machte, sondern ihn kurzerhand fotografierte.

Als beide Beamte wieder im Auto saßen, stand die Hagere immer noch zwischen den Blumen und sprach sichtlich aufgeregt in ihr Handy. Wahrscheinlich beklagte sie sich gerade über unverschämte Polizeiwillkür bei ihrer besten Freundin oder – besser noch – einem der auflagenstarken Trostblätter für Wutbürger.

Inspektor Prohaska telefonierte mit der Zulassungsbehörde und richtete gleich darauf eine Anfrage an die Zentrale. Nicht ohne Stolz bemerkte er: „Der Mann heißt Christian Velik. Hauptwohnsitz in Döbling. Sie schicken ihn gerade durch die Datenbanken."

Eine Viertelstunde warteten sie im Wagen, misstrauisch beäugt von der Golffahrerin, die vielleicht immer noch darauf hoffte, an die Zeichnung zu gelangen. Dann meldete sich das Smartphone des Inspektors und eine Reihe von Daten erschien. Er las sie vor. Geburtsdatum, Geburtsort, Wohnsitz, Beruf: Banker.

Prohaska blickte auf. „Moritz Mohr ist auch Banker."

„Davon gibt's ja nun wirklich genug", merkte Fuchs an.

„In der gleichen Bank. Hauptanstalt."

„Wie viele Leute arbeiten dort?"

„Keine Ahnung. Hunderte, vielleicht Tausende. Das ist sein Führerscheinfoto."

Fuchs warf einen Blick darauf. Es handelte sich um ein Bild nach den neuen Vorgaben, die alles daransetzten, Gesichter so ausdruckslos wie möglich zu machen. Smart und selbstbewusst wirkte es trotzdem.

„Zeigen Sie es dem Fan."

Prohaska ging zu der Frau und sprach kurz mit ihr.

„Er ist es", berichtete er, als er sich wieder hinter das Steuer setzte. Sein Finger wischte weiter über das Display. „Da steht noch was Interessantes. Velik besitzt ein Wochenendhaus."

„Wo?", fragte Fuchs.

Der Inspektor deutete nach vorne. „Ungefähr vierzig Kilometer in diese Richtung."

„Um diese Zeit ist er wohl in die Stadt zur Arbeit gefahren. Sehen wir uns sein Häuschen an."

Zunächst fuhren sie daran vorbei. Die Frauenstimme des Navis, das zuvor geschwiegen hatte, forderte lakonisch: „Wenn möglich, kehren Sie um."

Prohaska wendete. Nun lotste das Gerät sie mit unerschütterlicher Maschinenarroganz – als hätte es nicht gerade selbst die Orientierung verloren – auf einen schmalen, frisch asphaltierten Weg, dem sie einige Kilometer weit durch lichten Laubwald folgten. Auf Höhe eines Bungalows, der auf einem niedrigen Hügel erbaut worden war, meldete sich die Frauenstimme wieder: „Sie haben Ihr Ziel erreicht."

Das Haus war etwa zwanzig Meter vom Weg entfernt, das Grundstück von einem Jägerzaun umgeben. Ein Holzgatter versperrte die Zufahrt, doch war es nur mit einem Schieberiegel gesichert.

Der Bungalow wirkte ziemlich neu. Ein flacher Quader aus Beton und Glas. Er mochte eine Seitenlänge von fünfzehn Metern aufweisen. Ein Geländer wie eine Schiffsreling zog sich um den Rand des Flachdachs, das bestimmt als Sonnenterrasse diente. Fuchs gefiel das Haus. Gar nicht übel für eine Wochenendhütte am Land. Es herrschte sommerliche Ruhe, angereichert mit Vogelstimmen und dem fernen Brummen eines Kleinflugzeugs. Andere menschliche Behausungen waren nicht zu sehen.

„Wie ausgestorben", bemerkte Prohaska. „Ziemlich einsam." Sie gingen zum Haus. Weiße Stores verhinderten einen Blick durch die großen Fenster. Aus dem Augenwinkel sah Fuchs, dass sich einer davon leicht bewegte.

„Es ist jemand hier."

Am Eingang prangte ein bronzefarbener Löwenkopf, der einen Klopfring im Maul hielt. Ein Klingelknopf war nicht vorhanden, also handelte es sich beim Löwen nicht nur um eine jener seltsamen Verzierungen, die für Feriendomizile typisch sind. Der Chefinspektor hob den Ring und ließ ihn fallen. Das machte genug Krach, um eine Kaserne zu wecken.

„Wenn bei mir jemand um Mitternacht so anklopft", murmelte Inspektor Prohaska, „steh ich senkrecht im Bett."

Sie warteten eine Weile, doch nichts geschah. Fuchs griff gerade zum zweiten Mal nach dem Ring, als hinter dem Haus ein Motor startete; ein Motorrad! Fuchs tippte auf eine Fünfhunderter-Maschine.

Die Polizisten wechselten einen Blick.

„Der mag keinen Besuch", sagte Prohaska, während Fuchs bereits loslief. Gleichzeitig gelangten sie an die Rückseite des Bungalows und sahen eben noch den Pürzel einer Enduro, die in eine Geländewelle abtauchte. Der Motorenlärm wurde schlagartig leiser und verebbte bald gänzlich.

„Kennzeichen erkannt?", fragte Fuchs. Der Inspektor
schüttelte den Kopf. Die hintere Pforte im Jägerzaun schloss
sich so langsam und widerwillig, dass es auf Fuchs wirkte, als
sei dies der Teil ihres Jobs, den sie am meisten verabscheute.
Er wandte sich zum Haus, das auf dieser Seite viel mehr
Beton als Glas aufwies und an einen Bunker erinnerte. Die
Fenster waren deutlich kleiner als vorne und eines davon
stand offen. Auf dem Boden davor lag ein Meißel, mit dem es
aufgehebelt worden war. Fuchs stemmte sich hoch und stieg
in einen Abstellraum ein, Inspektor Prohaska folgte ihm. Eine
automatische Schiebetür, die in eine moderne Wohnlandschaft
führte, glitt zur Seite. Im Zimmer entdeckten sie Spuren einer
eiligen, oberflächlichen Durchsuchung.
„Entweder hat er schnell gefunden, was er finden wollte, oder
wir haben ihn gestört", sagte Prohaska, nachdem sie auch
einen Blick in die Nebenräume geworfen hatten, die ebenfalls
durchsucht worden waren.
„Gestört haben wir ihn sicher. Möglicherweise hat er sein Ziel
also nicht erreicht. Sehen wir uns ein bisschen um."
„Wonach suchen wir?"
Fuchs zuckte die Achseln.
„Suchen wir einfach."
Der Inspektor wirkte nicht sehr glücklich.
„Stimmt etwas nicht?"
„Wir haben einen Einbrecher auf frischer Tat ertappt und sind
deshalb in die Wohnung eingedrungen. Das ist okay. Aber
nun selbst herumschnüffeln …?"
Fuchs fragte sich, ob ihm der Oberst mit Prohaska nicht doch
eine Schabe unters Hemd gesteckt hatte. Eine nette, brave
Schabe mit einer Neigung zum Rotwerden und einer
künstlerischen Ader, wenn es darum ging, Verkehrshonig in
klares Wasser zu verwandeln.
„Wir haben Grund zur Annahme, dass dieser Einbruch im
Zusammenhang steht mit Mona Mohrs Tod, mit ihrem
Pornovideo und mit der Fahndung nach dem skrupellosesten

Verbrecher unseres Landes, vielleicht sogar ganz Europas. Mir genügt das."

Prohaskas Kopf erglühte wie eine Warnleuchte. „Wir setzen den Einbruch also fort?"

Fuchs seufzte. „Sie können im Wagen warten."

„Das werde ich nicht tun!"

Mit einem Ruck wandte der Inspektor sich ab und einem Schubladenschrank zu.

Fuchs ließ sich durch das Haus treiben wie ein trockenes Blatt auf einem Teich. Sein Blick wanderte über Möbel, Wände, Decken, Böden. Langsam, manchmal in einer Art Wiederholungsschleife. Die Einrichtung bewies Geschmack. Falls Velik selbst dafür verantwortlich war, durfte er sich auf die Schulter klopfen. Die Tür zu einem kleinen Barschrank war nicht ordentlich geschlossen, die Innenbeleuchtung eingeschaltet. Der Chefinspektor öffnete sie. Eine Flasche war umgekippt, die anderen zur Seite geschoben. Vielleicht war der Motorradfahrer nur auf der Suche nach einer Stärkung gewesen und dabei von ihnen überrascht worden?

Fuchs probierte verschiedene Sitzgelegenheiten aus, saß schließlich auf einem zierlichen Ledersofa, das – davon war er überzeugt – von Frauen bevorzugt wurde. Er saß da, betrachtete das Bücherregal gegenüber und entdeckte ein Loch. Ein dunkles Loch in einer dunklen Stelle der Maserung, wie der Schlund eines Wirbels. Ein kleines Loch, das optisch genau dorthin passte. Fuchs sah es nur, weil das Tageslicht einen Schimmer in die winzige Höhle warf und sie dadurch verriet. Er stand auf und untersuchte sie. Noch während er die Mine seines Kugelschreibers einführte, um die Tiefe zu messen, rief Prohaska nach ihm. Fuchs ließ die Mine im fast horizontal verlaufenden Loch stecken – sonst hätte er es nur mit Mühe wiedergefunden – und ging zum Inspektor. Der hielt einen Kartonrahmen in der Hand und versuchte, cool auszusehen. Im Karton steckte das Foto einer blonden Frau, rechts unten prangte ein Schriftzug in Silber: Vivian Velik.

„Seine Frau", sagte Prohaska. „Aber sehen Sie, wie abgegriffen die Öffnung des Rahmens ist?"
Fuchs sah es und der Triumph des Inspektors entlud sich in einem Grinsen. Er holte das Foto heraus und zeigte ein zweites, das darunter steckte. Mona Mohr lächelte ihm entgegen. Im Arm hielt sie ein kleines Mädchen, das ebenfalls lächelte.
„Gut gemacht. Ist Ihr Gewissen nun beruhigt?"
Rasch wandte er sich ab, um der unvermeidlichen Verfärbung Prohaskas zu entgehen.
„Ich habe auch etwas."
Er führte seinen Inspektor, Schabe oder nicht, zur Kuli-Mine.
„Ein Einschussloch", staunte der. „Damit ist alles klar. Velik ist Mohrs Freund, wahrscheinlich der Vater des Kindes, sonst wäre es nicht mit auf dem Foto. Und auf dem Video hat sie ihn trotz der Maske erkannt – vielleicht an einem Muttermal oder einer kleinen Narbe. Sie rast ins Outback, um ihn zur Rede zu stellen, schießt auf ihn, verfehlt ihn aber. Während sie hier ist, trinkt sie etwas und wirft sich die Droge ein. Möglicherweise, um den Mut aufzubringen, die Waffe abzufeuern. Dann prescht sie wieder los und endet, absichtlich oder nicht, in der Allee."
„Könnte so gewesen sein", meinte Fuchs. „Oder so ähnlich. Jedenfalls müssen wir mit dem Kerl reden. Rufen Sie die Spurensicherung. Welche kommt hier überhaupt? Ach, ist mir egal."

Nachdem Prohaska alles in die Wege geleitet hatte und die Ankömmlinge eingewiesen waren, machten er und Fuchs sich auf den Rückweg.
Fuchs' Smartphone vibrierte: Maria, seine geschiedene Frau. Er holte tief Luft. Entweder nahm er das Gespräch an oder schaltete das Gerät für die nächsten Tage ab, denn sie würde es alle fünf Minuten wieder versuchen.
„Entschuldigung", murmelte er.

„Terry", tönte ihre Stimme – wie immer zu laut – aus dem Handy. Nichts konnte seine Exfrau von der Überzeugung abbringen, dass man beim Telefonieren beinahe schreien müsse, damit der andere etwas verstand.

„Wieso meldest du dich nicht? Samantha hat mir gesagt, dass du in Wien bist."

„Das war wirklich nett von Sam", knurrte Fuchs. Seine jetzige Lebensgefährtin, falls sie es nach dem letzten Streit in Klagenfurt überhaupt noch war, hatte mit Maria gar nichts gemeinsam – außer ihm. Trotzdem verstanden sich die Frauen gut.

„Sam meint, du seist im Regina abgestiegen."

„Da hat sie tatsächlich recht", erwiderte Fuchs ungeduldig.

„Du hättest bei mir wohnen können."

In einer Abstellkammer auf einem fünfzig Zentimeter breiten Notbett von der Stabilität eines Kartenhauses.

„Es ist dienstlich", rechtfertigte er sich. „Ich muss rund um die Uhr erreichbar sein und allenfalls Leute empfangen, die du lieber nicht in deiner Wohnung sehen möchtest."

„Oh."

„Wir könnten miteinander essen gehen", schlug er vor, nur um dem Gespräch eine andere Richtung zu geben. Maria gehörte allerdings zu den Menschen, die sich eher die Zunge abbeißen, als einen Vorschlag direkt zu beantworten.

„Essen? Hm. Zu Mittag ist es schlecht, die Pause ist zu kurz. Und am Abend … warte, ich muss erst nachsehen."

Sie blätterte lange in einem Block oder Kalender.

Er konnte es sich nicht verkneifen, zu bemerken: „Ich weiß nicht, wie viele Wochen ich hier sein werde."

Nun hörte er seiner Ex beim Grübeln zu.

„Das ist nicht lustig", meinte sie schließlich.

Nur kein Seufzer. Maria fand kaum jemals etwas lustig. Und wenn, dann Dinge, die niemand sonst auf der Welt dafür hielt. *Ich traf zufällig Lisa und sie trug genau das gleiche Burberrytuch wie ich, ist das nicht lustig?* Nein, war es nicht;

schon gar nicht, wenn man wusste, dass sie und Lisa immer diesen leicht karierten Geschmack geteilt hatten.

„Okay. Blätter nur weiter. Vielleicht bin ich ja wochenlang hier."

„Ich habe halt viele Termine", beschwerte sie sich.

Er hoffte, sie würde sie nicht aufzählen. Sie begann umgehend damit:

„Heute Yoga, morgen indische Küche, übermorgen Stammtisch ..."

„Stammtisch?", unterbrach er überrascht.

„Veganer-Stammtisch", präzisierte sie.

„Du bist Veganerin? Vor ein paar Jahren wolltest du nicht mit nach Italien, weil es dort keinen anständigen Schweinsbraten gibt."

Sie zögerte.

„Ich entwickle mich eben und sammle neue Erfahrungen."

„Dann lass den Stammtisch ausfallen", regte er an.

„Übermorgen würde mir passen."

„Die werden enttäuscht sein", sagte sie etwas steif. „Aber gut. Weißt du schon wohin?"

„Ich ruf dich noch einmal an."

„Vergiss es nicht wieder", gab sie ihm zum Abschied mit.

Der Chefinspektor knirschte leise mit den Zähnen. Sie hatte ihn vom ersten Tag an genervt. Im Zerrspiegel der Liebe hatte er das jedoch entzückend gefunden – wie alles an ihr. Er knirschte lauter, doch Prohaska sah stur geradeaus und tat, als ob er nichts bemerkte.

„Geht es nicht schneller?", nörgelte Fuchs.

9

Kurz vor Mittag befanden sie sich wieder in Wien und betraten den Geldtempel, in dem Velik arbeitete. Das Lächeln des jungen Bilderbuchbankers im Empfangsbereich verkrampfte leicht, als er ihre Ausweise sah. Er telefonierte und teilte ihnen mit, dass Herr Doktor Velik heute nicht ins Büro gekommen sei – und dadurch einen seit Wochen geplanten Termin versäumt habe.

„Mit wem haben Sie gesprochen?", fragte Fuchs.

„Mit seiner Sekretärin."

„Bringen Sie uns zu ihr. Es ist dringend."

Für einige Momente wusste der junge Mann nicht, was er tun sollte. Dann wechselte er ein paar Worte mit einem Kollegen und kam hinter seiner Barriere hervor.

„Bitte folgen Sie mir."

Sie fuhren mit dem Lift in den dritten Stock. Die Sekretärin, eine Frau um die fünfzig, die scheinbar alles Leid der Welt auf ihren knochigen Schultern trug, war einer Ohnmacht nahe, als sie begriff, dass zwei Kripobeamte vor ihrem Schreibtisch standen.

„Mein Gott! Ist Doktor Velik etwas zugestoßen?"

„Gibt es ein Foto von ihm?"

Sie sprang auf und lief in ein angrenzendes Büro. Mit einem gerahmten Bild kehrte sie zurück. Es zeigte ein lächelndes Paar.

„Müssen Sie ihn identifizieren?", fragte die Sekretärin mit zitternder Stimme. „Das ist Doktor Velik mit seiner Frau."

Der Chefinspektor bedankte sich bei dem jungen Banker, der widerwillig den Rückzug antrat.

„Kein Zweifel", bestätigte Prohaska. „Der war an der Gedenkstätte. Und das Foto seiner Frau haben wir" – er zögerte – „gerade erst woanders gesehen."

Fuchs blickte auf seine Uhr. „Vor etwa drei Stunden befand sich Ihr Chef auf dem Weg nach Wien. Er ist nicht im Büro aufgetaucht?"

Sie schüttelte den Kopf. In ihren ängstlichen Augen standen Tränen. „Dabei hatte er einen Termin mit dem Vorstand. Ich konnte ihn auch telefonisch nicht erreichen. Immer nur die Mailbox. Das ist noch nie vorgekommen, Doktor Velik versäumt nie eine Verabredung, er gilt im Haus als Muster an Korrektheit."

Sie war ohne Zweifel in ihn verliebt, dachte Fuchs. Eine romantische, unerwiderte, hoffnungslose Liebe. Weder gegen Veliks Frau noch gegen seine Geliebte, die bekannte Schauspielerin und mutmaßliche Mutter seines Kindes, hatte sie die geringste Chance.

„Notieren Sie seine Handynummer", sagte er zu Prohaska. Dann, wieder zur Sekretärin: „Könnte Ihr Chef zu Hause sein?"

„Nein. Frau Velik ist unterwegs, aber ich habe mit der Putzfrau gesprochen. Sie hat ihn heute nicht gesehen."

„Hat er eine Geliebte?", fragte Fuchs.

Es fehlte nicht viel und sie wäre aufgesprungen. Die Empörung machte sie nicht attraktiver, doch zwei glühende Flecke auf den Wangen zeigten das Feuer, das in ihr loderte. „Doktor Velik würde niemals seine Frau betrügen. Er ist über jeden Verdacht erhaben."

„Wo könnte er sonst hingefahren sein?", fragte Prohaska.

„Eltern, Verwandte, Freunde …"

Die Sekretärin beruhigte sich wieder, obwohl ihre Blicke keinen Zweifel daran ließen, was sie von Fuchs hielt.

„Seine Familie lebt in Salzburg. Und Doktor Velik würde einen Geschäftstermin niemals wegen eines Freundes platzen lassen."

„Dann hat er wahrscheinlich keinen", murmelte der Chefinspektor. Sie ignorierte es.

„Haben Sie bei der Familie nachgefragt?"

„Nein", erwiderte sie knapp.

„Haben Sie eine Telefonnummer?"

Sie zögerte, ließ ihre Finger über die Tastatur fliegen und druckte zwei Namen mit Nummern und E-Mail-Adressen aus.

„Seine Eltern und ein Bruder. Hoffentlich ist es Doktor Velik recht, dass ich sie Ihnen gebe."

Fuchs nahm das Blatt. „Wer ist sein Vorgesetzter?"

„Unsere Abteilung untersteht direkt dem Vorstand. Aber worum geht es denn eigentlich?"

Der Chefinspektor gab ihr seine Karte. „Wir müssen dringend mit Ihrem Boss sprechen. Rufen Sie mich sofort an, wenn Sie von ihm hören." Er spürte ihre Ablehnung. „Es ist in seinem ureigensten Interesse." Vielleicht stimmte das, vielleicht auch nicht. Es war jedenfalls der dickste Köder, den er ihr hinwerfen konnte. Dann fiel ihm noch etwas ein. „Kennen Sie Moritz Mohr?"

„Natürlich kenne ich ihn", erwiderte sie spitz. „Er ist schließlich Doktor Veliks Stellvertreter."

Fuchs fing den triumphierenden Blick des Wiener Inspektors auf.

„Ist er hier? Ich möchte mit ihm reden."

„Ich rufe ihn an."

„Nicht nötig", sagte Fuchs. „Wo hat er sein Büro?"

Ihre Lippen glichen denen einer erzürnten Schnappschildkröte. „Gleich nebenan. Wenn Sie rausgehen, links."

Der Chefinspektor trat auf den Gang, klopfte und öffnete gleichzeitig die Tür zum benachbarten Büro. Mohr, der seiner Schwester ähnlich sah, aber in gewisser Weise ihre negative Interpretation darstellte, blickte überrascht auf.

„Chefinspektor Fuchs, Polizei. Wir müssen Ihnen ein paar Fragen stellen."

Inspektor Prohaska schloss die Tür und hielt sich im Hintergrund. Fuchs fühlte Mohrs Gereiztheit und zeigte ihm seinen Ausweis.

„Welche Fragen wollen Sie mir stellen?"

„Wo hält sich Christian Velik auf?"

„Sie suchen ihn?"

Der Chefinspektor deutete ein säuerliches Lächeln an. „Meine Frage."

„Ich weiß es nicht. Er hat einen wichtigen Termin versäumt, aber dass sich darum die Polizei kümmert … hat ihn jemand als vermisst gemeldet?"

„Wann haben Sie die DVD Ihrer Schwester gefunden?"

Der Banker sah ihn verwirrt an. „Am Tag nach ihrer Beerdigung."

„Weshalb sind Sie damit zur Detektei Starhovsky gegangen?"

„Ich habe es mir gut überlegt, es war naheliegend. Ich kenne den Grafen, er hat mir zuvor schon telefonisch kondoliert und seine Hilfe angeboten."

„War Ihre Schwester mit Ihrem Chef befreundet?"

Mohr räusperte sich. „Sie kannten sich natürlich. Wir treffen uns auch privat und meine Schwester ist – meine Schwester war überall ein gern gesehener Gast."

„Bestand eine engere Beziehung zwischen den beiden?"

„Sie meinen … nein, ganz bestimmt nicht. Christian ist verheiratet."

Einen Moment herrschte Schweigen.

„Kannten sich die beiden schon, als Ihre Schwester schwanger wurde?"

Erstmals zeigte Mohr eine echte, schwer zu deutende Gefühlsregung. Aufregung, Empörung, vielleicht auch Nervosität. „Wollen Sie etwa andeuten …?" Er hatte sich halb im Sitz erhoben.

„Kannten sie sich?"

Der Banker setzte sich wieder. „Das ist Jahre her. Ich glaube schon."

Fuchs zog die Clown-Zeichnung aus der Tasche. „Sagt Ihnen das etwas?"

Mohr betrachtete das Bild. „Könnte von Mona stammen – sie liebte solche Kritzeleien – oder von irgendeinem Kind."

„Ihr Chef hat das vor ein paar Stunden am Unfallort Ihrer Schwester abgestellt. Dann stieg er in seinen Wagen und fuhr Richtung Wien. Gekleidet wie ein polierter Lackaffe, wie eine Zeugin meinte."

„Das ist er immer", murmelte der Banker abwesend. „Warum hat er dort einen Clown hinterlassen? Eine Maske, meine Güte …" Seine Haltung veränderte sich. Er erinnerte Fuchs an eine jener Holzfiguren, die schlagartig alle Spannung verlieren, wenn man mit einem Knopfdruck den Faden lockert, der ihre Glieder zusammenhält. „So etwas wie ein Harlekin", flüsterte Mohr. „Aber davon wusste er doch nichts!"

„Sind Sie ihm heute begegnet?"

„Nein. Wenn das ein paar Stunden her ist, wäre er pünktlich in der Bank gewesen. Ist ihm etwas zugestoßen?"

„Er ist verschwunden. Melden Sie sich bei uns, falls er doch noch eintrifft oder Sie von ihm hören."

10___

Die Döblinger Villa der Veliks stand tief in einem düsteren Gartengrundstück. Mehrere Trauerweiden bildeten ein grünes Dach, das nur wenig Sonnenlicht durchließ. Zwischen den Bäumen spannte sich ein makelloser dunkelgrüner Rasen; kein Strauch, keine einzige Blume. Ein gerader grauer Kiesweg führte vom eisernen Gartentor zum Haus. Das ebenfalls graue, zweistöckige Gebäude wirkte schmucklos und streng wie der Garten. Eine Frau um die vierzig erwartete sie an der Tür und bat sie hinein. Die Frau von dem Foto, unter dem Prohaska das von Mona Mohr und ihrer Tochter entdeckt hatte.

„Bitte", sagte sie steif. „Treten Sie ein."

Sie führte die Beamten in einen Raum mit dunkel schimmerndem Parkettboden, in dem sich eine Essgruppe aus ebenso dunklem, poliertem Holz und zwei dazu passende Anrichten befanden. Die Decke war getäfelt, die Wände bedeckten Tapeten mit einem senkrechten Streifenmuster aus Weinrot und Gold. Neben den hohen Fenstern hingen dicke cremefarbene Vorhänge bis auf den Boden herab. Der verspielteste Gegenstand im Zimmer stand in der Mitte des Tisches: eine Salz-Pfeffer-Kombination aus Silber und dickem Glas. Sie war, abgesehen von den Möbeln, auch der einzige Gegenstand hier. Kein Teppich milderte die Härte des Bodens, kein Sitzpolster die Härte der Stühle, kein einziges Bild das harte Muster der Tapete. Es roch nicht nach Essen, sondern nach Politur.

„Setzen Sie sich", sagte Frau Velik und nahm selbst Platz. Sie bot ihren Besuchern nichts an.

„Zuerst der Anruf von der Inspektion und nun Sie. Warum suchen Sie meinen Mann?"

„Wir wollen mit ihm sprechen", erwiderte Fuchs.

„Ich weiß nicht, wo er sich aufhält." Mehr sagte sie nicht dazu.

Prohaska versuchte sich an einem Lächeln, das in der Atmosphäre dieses Raums misslingen musste. „Wann haben Sie ihn zuletzt gesehen?"

„Gestern. Bevor er in seinen Bungalow fuhr." Heftiger Widerwille klang durch.

„Sie mögen den Bungalow nicht?", fragte der Chefinspektor.

„Wie soll ich ihn mögen?", fragte sie zurück, ohne auf den Grund ihrer Abneigung einzugehen.

Wenn ihr *dieses* Haus hier gefiel, hatte sie aus ihrer Sicht recht, dachte er.

„Fährt er oft aufs Land?"

„Ja."

„Immer allein?"

Sie antwortete nicht. Fuchs entschloss sich zum direkten Angriff. „Hat er eine Affäre?"

Sie erstarrte. „Wie können Sie so eine Frage stellen?"

„Ich muss es wissen", erwiderte er schlicht. „Wir benötigen jeden Anhaltspunkt."

In ihr rumorte es sichtlich. Ihr persönlicher Vulkan lag nur knapp unter der Oberfläche aus Eis. Der Ausbruch überraschte die beiden Polizisten, weil er so leidenschaftlich erfolgte.

„Eine Affäre, sagen Sie. Nur eine. Warum denn so bescheiden? Als ich dahinterkam, waren es schon zehn, oder zwanzig, oder hundert. Er schläft mit jeder, die ihre Beine für ihn breit macht. Und das sind viele. Er ist ja so höflich und kultiviert. Für die meisten ist es ein Kompliment, wenn er sich dazu herablässt, ihnen seinen kleinen Pimmel reinzustecken. Klein, aber oho."

Inspektor Prohaskas Kopf leuchtete wie eine rote Ampel.

Über Frau Veliks Gesicht zogen Verzweiflung, Trauer und Wut wie rasche, dunkle Wolken. Mit einer heftigen Bewegung griff sie in den schmalen Ausschnitt ihrer Bluse und riss sie und die Kostümjacke so heftig auf, dass mehrere Knöpfe absprangen. Zwei blieben auf dem Tisch liegen, andere fielen auf den Boden und verteilten sich im Raum. Sie trug keinen BH. Ihre Brüste waren klein und fest, mit

Brustwarzen, kaum größer als die eines Mannes. Ein dichtmaschiges Netz aus alten und frischen Narben entstellte die ansonsten makellosen Halbkugeln.

Inspektor Prohaska stöhnte auf.

„Hat er Ihnen das angetan?"

Sie zog ein altmodisches Papiermesser mit einer leicht abgerundeten Spitze aus einer Innentasche ihrer Jacke. Fuchs begriff. „Sie haben sich die Schnitte selbst zugefügt. Um Ihren Mann zu bestrafen, weil er sie betrog."

„Er hat meine Brüste geliebt", sagte sie mit einer Stimme, so tonlos, dass die Männer ihre Worte mehr erahnten als verstanden. „Stundenlang konnte er sie küssen und liebkosen." Plötzlich lachte sie, aber es klang wie ein Schrei. „Jetzt zwinge ich ihn manchmal dazu, sie anzusehen." Sie schleuderte das Messer weg. Es schwirrte gefährlich nahe zwischen den Polizisten hindurch und prallte gegen die Tapetenwand. Frau Velik schlug sich die Hände vors Gesicht. „Ich weiß nicht, wo er sich herumtreibt! Ich weiß es nicht! Warum verschwinden Sie nicht endlich?"

Die Polizisten wechselten einen Blick.

„Kennen Sie Mona Mohr?", fragte Fuchs.

Sie nahm die Hände herunter und zog die Jacke über ihre Blöße.

„Die verunglückte Schauspielerin? Hat er mit der auch etwas gehabt?"

„Das würden wir gerne von ihm hören."

„Ich kann es Ihnen nicht sagen."

Der Chefinspektor gab seinem Begleiter einen Wink, die Männer erhoben sich. „Auf Wiedersehen."

Sie antwortete nicht.

Eine Minute später standen die Polizisten wieder auf der Straße.

„Das Messer hat mich nur um Zentimeter verfehlt. Wir hätten sie festnehmen sollen", bemerkte Prohaska hörbar verschnupft.

„Wem hilft das?", entgegnete Fuchs. „Sie ist unglücklich genug. Außerdem war es nicht einmal spitz."

Der Inspektor war rebellisch gestimmt. „Und wenn sie sich was antut?"

„Das wird sie nicht."

„Und wenn doch?"

Fuchs umrundete schweigend den Dienstwagen und setzte sich auf den Beifahrersitz. Prohaska zögerte kurz, schluckte und stieg ein. „Wohin?"

„Ich bin hungrig. Und durstig. Etwas Einfaches wäre mir recht."

Der Inspektor fand einen Parkplatz in der Nähe einer Kneipe, deren Wirt seine Angebote noch mit Kreide auf eine Tafel schrieb. Sie nahmen den angepriesenen Braten mit Knödeln und Sauerkraut. Das Fleisch war zäh, der Knödel trocken, das Kraut immerhin sauer. Fuchs trank ein Glas Bier, sein Chauffeur Apfelsaft.

„Ins Präsidium", befahl der Chefinspektor knapp, als sie wieder im Wagen saßen.

Dort angekommen ließ er sich in sein Büro führen, einen kleinen Raum mit einem schießschartengroßen Fenster, wo er sich einen Sessel nahm und den Inspektor auf den Zweiten winkte. Der Braten lag ihm im Magen, er blickte eine Weile finster vor sich hin. Anschließend starrte er Prohaska an, bis der vorbeugend errötete.

„Also", begann Fuchs endlich. „Wir haben einen klaren Abdruck von Breuers Mittelfinger auf der Innenseite einer DVD-Hülle. Die DVD wurde von einer unbekannten Person an die junge Frau geschickt, die in dem Video die Hauptrolle spielt. Kurz nach seinem Erhalt verunglückte sie tödlich. Am Unfallort hinterlässt ein Mann heute eine Zeichnung. Das Bild eines Clowns, vielleicht angefertigt von Mona Mohr. Der Mann fährt laut Zeugin Richtung Wien, wir zu seinem Wochenendhaus, in dem sich bei unserer Ankunft ein Einbrecher aufhält. Im Haus finden Sie ein Foto von der Mohr mit ihrer Tochter. Die Art des Verstecks deutet auf eine enge persönliche Beziehung hin. Mittlerweile wissen wir sogar, wie sie zustande gekommen ist. Der Hausbesitzer Christian Velik ist der Vorgesetzte von Mona Mohrs Bruder. Es liegt auf der Hand, dass er es war, den sie am Abend des Unfalls besuchte, und dass sie während ihres Besuchs eine Kugel in die Täfelung feuerte. Woher die Waffe stammt, ist unklar. Wie das mit dem Video und vor allem mit Breuer zusammenhängt, würden wir liebend gerne mit Velik besprechen. Doch der ist spurlos verschwunden. Geben Sie raus, dass wir ihn als wichtigen Zeugen suchen." Der Inspektor wollte aufspringen, doch eine Handbewegung ließ ihn zurücksinken. „Unser zweiter Anhaltspunkt ist das Video selbst. Wir müssen versuchen, diese Typen zu identifizieren. Lassen Sie alles, was uns dabei helfen könnte, eingehend analysieren. Körperliche Merkmale, Größe, Gewicht, geschätztes Alter … Abgesehen von den Gesichtern liefern die Bilder ja reichlich Informationen. Machen Sie sich an die Arbeit."

Nun hielt Prohaska nichts mehr an seinem Platz. Er salutierte und war Sekunden später verschwunden. Fuchs schickte eine SMS an Samantha: „Reden wir wieder?"

Er fischte den Zettel mit den Telefonnummern von Veliks Verwandten aus der Tasche. Zuerst sprach er mit dem Vater, dann mit dem Bruder. Sie erzählten fast wortgleich, dass sich ihre Kontakte zu Christian auf wenige Telefonate im Jahr beschränkten. Der Bruder fügte hinzu: „Es liegt an seiner Frau. Sie glaubt fest daran, dass der neunzehnte Bezirk der Nabel der Welt ist – und seine Bewohner höhere Wesen. Dabei müssten Sie nur ihr Haus sehen. Eine Gruft ist heimelig dagegen."

„Ich habe es gesehen", erwiderte Fuchs. Beide Männer versicherten ihm, dass sie anrufen würden, sollten sie etwas von Christian hören.

Dann untersuchte er das Fensterchen und fluchte, weil es sich nicht öffnen ließ. Kurz entschlossen packte er seine Jacke und schlenderte durch den Backofen aus Asphalt, Fassaden und

Nachmittagssonne zu dem Café von gestern, in dem es angenehm kühl war. Diesmal fand er eben noch Platz an einem winzigen Tischchen, rauchte, trank eine Melange, verlangte ein kleines Bier. Fuchs dachte an nichts Besonderes. Er fühlte sich träge, auch ein wenig ausgelaugt von der Hitze und den Begegnungen des Tages. Am liebsten hätte er die Augen geschlossen. Er bestellte bei dem Kellner, der ihn wiedererkannte, einen Schinken-Käse-Toast und ein weiteres Glas Bier. Der Toast schmeckte hervorragend, das Bier war so kalt, wie er es mochte. Plötzlich ertappte er sich dabei, doch an etwas Besonderes zu denken, aber gewissermaßen im Hintergrund. An etwas in der zweiten, dritten Reihe, wie bei einer Sportübertragung, bei der man immer wieder einer ungewöhnlichen Kopfbedeckung gewahr wird, obwohl ihr Träger von den Davorstehenden verdeckt bleibt – trotzdem zieht sie die Aufmerksamkeit auf sich. Wie sein Gedanke aus der dritten Reihe.

Weshalb dieser Fingerabdruck?

Er hatte viele Verbrecher kennengelernt, denen buchstäblich jede Dummheit und jeder Fehler zuzutrauen waren – Breuer zählte gewiss nicht dazu. Andererseits: Jedem kann ein Versehen unterlaufen – auch den Abgebrühtesten und Vorsichtigsten.

Fuchs' Smartphone vibrierte. Die angezeigte Nummer war ihm fremd.

Er hob ab. „Ja?"

„Starhovsky. Guten Tag, Chefinspektor. Ich hoffe, ich störe Sie nicht."

Fuchs versicherte ihm, dass er keineswegs störe.

„Haben Sie heute Abend schon etwas vor?"

„Nichts Bestimmtes."

„Sie könnten mich zu Kays Net begleiten. John Kay würde Sie gerne kennenlernen."

„Wer ist das?"

„Ein Wiener Geschäftsmann, der im Ausland viel Geld gemacht hat. Jetzt ist er zurückgekehrt und bringt einen Teil davon unter die Leute."

„John Kay klingt nicht nach Wiener."

„Als er das Land verließ, hieß er noch Hans Keitl. In Amerika erwies sich das als hinderlich."

„Weshalb will er mich kennenlernen?"

Der adlige Detekteichef lachte. „Ein Salon braucht immer frisches Blut."

„Er betreibt einen *Salon*?"

„So hätte man es früher genannt. Er sagt Kays Net dazu, aber gemeint ist das Gleiche. Er sammelt Leute um sich, die auf irgendeinem Gebiet außergewöhnlich sind. Politiker, Künstler, Wirtschaftsleute, Sportler, Wissenschaftler ..."

„Ich bin nichts davon."

„Auf Ihrem Gebiet sind Sie ein Spezialist. Ich habe Sie übrigens empfohlen."

„Und warum gehen die Leute zu ihm?"

„Er bietet ein außergewöhnlich edles Ambiente und er ist sehr großzügig. Das allein hätte nicht gereicht. Doch er hat es geschafft, drei oder vier Schwergewichte zu Dauergästen zu machen, die haben andere mitgezogen und so entsteht rasch ein Gravitationszentrum der Society." Starhovsky lachte abermals. „Böse Zungen behaupten, er habe sich die erste Garnitur gekauft, um seine Sache in Schwung zu kriegen."

„Hat er?"

„Durchaus möglich. Geldleute ticken so."

„Warum gehen Sie hin?"

„Junger Mann", sagte Starhovsky streng, „ich gehe seit fünfundsechzig Jahren überall hin, wo sich etwas tut, das gehört zu meinem Beruf."

„Was bezweckt er damit? Geldleute bezwecken immer irgendwas."

„Nun, Anerkennung ist auch ein Wert. Wenn man nicht wählerisch ist, reicht auch gekaufte Anerkennung."

„Und Geldleute sind nicht wählerisch", bemerkte Fuchs trocken.

„Richtig. Natürlich klimpert er auch auf der karitativen Tastatur. Ich hatte ihn stets im Verdacht, ein Auge auf die Politik zu werfen, aber das weist er weit von sich." Boshaft fügte er hinzu: „Mit einem Teilnehmer des Wiener Kongresses kann Kay leider nicht aufwarten – dafür fällt die Konversation wesentlich lebendiger aus."

Fuchs hatte keine Ahnung, woher Starhovsky von seinem Besuch bei Penta erfahren hatte oder von dem Skelett in dessen Esszimmer. Wusste er auch, dass Penta auf eine Wiederholung seines Besuchs hoffte?

„Ich komme mit", entschied er spontan.

„Fein. Wir treffen uns um acht am Haupteingang des Doms. Von dort sind es nur ein paar Schritte."

Fuchs ging zu Fuß ins Regina, als eine Antwort-SMS von Sam kam. Sie schrieb: „Mal sehen."

Er nutzte die verbleibende Zeit, um zu duschen und aus dem Fenster den Verkehr auf dem Ring und der Währinger Straße zu beobachten. Vielleicht verfolgte Breuer einen Plan. Vielleicht stand Fuchs nicht als Jäger hier, sondern als Figur in einem unbekannten Spiel. Vielleicht dachte er auch nur zu kompliziert.

Zwanzig vor acht machte er sich auf den Weg.

11___

Das Stadtpalais ragte vier Stockwerke in die Höhe. Die reich
verzierte Fassade sonnte sich im Glanz ihrer Renovierung.
Starhovsky blieb stehen. „Er hat das komplett erneuerte
Gebäude gekauft und ist eine Woche später eingezogen. Eine
weitere Woche danach ist Kays Net angelaufen."
„Seit wann kennen Sie ihn?"
„Seit sechsundzwanzig Jahren. Da versuchte er als Jungspund
mit einem Gourmetlokal Fuß zu fassen. Exzellente Küche,
miese Kontakte. Und das im ersten Bezirk. Schon bei der
Eröffnung liefen Wetten, wie lange er durchhalten würde. Er
brachte es immerhin auf zehn Monate, verlor seinen letzten
Groschen und verschwand aus der Stadt."
Sie betraten eine Empfangshalle, die diesen Namen verdiente.
Das Ambiente wirkte edel, nicht protzig. Fuchs zweifelte
keine Sekunde daran, dass viel Geld in jedes Detail geflossen
war, aber nicht durch die Hände eines Hollywoodausstatters.
Starhovskys Gene hatten zu viel Reichtum und Macht
gespeichert, um sich von derlei beeindrucken zu lassen,
Fuchs' Gene waren durch eine Laune der Natur immun gegen
Reichtum und Macht. Von oben drang die Unterhaltung vieler
Menschen in den fast leeren Raum. Zwei Empfangsherren in
Maßanzügen erwarteten die Gäste. Sie begrüßten die
Neuankömmlinge mit einer professionellen, ungezwungenen
Ehrerbietung, die Fuchs für noch bewundernswerter hielt als
die schimmernden Teppiche, Steine und Hölzer der
Einrichtung.
„Wo ist Kay?", schnaubte der alte Detektiv.
Einer der Männer verschwand durch eine Schiebetür hinter
einer Trennwand aus dunklem Glas. Was Fuchs für indirekte
Beleuchtung gehalten hatte, entpuppte sich als Ansammlung
vieler Monitore. Der Mann kehrte zurück. „Er sitzt im roten
Zimmer."
„Kommen Sie." Starhovsky verschmähte den Lift.

„Wo erhält man solche Prachtstücke von Türstehern?",
erkundigte sich Fuchs auf der geschwungenen Treppe.

„Dafür gibt's Schulen. Wenn Ihnen die Kerle bei lebendigem
Leib die Haut abziehen, machen sie es so zuvorkommend,
dass Sie sich herzlich bedanken."

„Und wozu diese Überwachungszentrale?"

„Verfolgungswahn. Geldleute sind auch paranoid."

Die Stiege mündete in einem breiten Treppenabsatz, von dem
an beiden Seiten Durchgänge in Räume mit hohen Fenstern
führten. Dazwischen war ein Büfett aufgebaut, hinter dem
mehrere Serviererinnen die Wünsche der Gäste erfüllten.
Auch das Büfett sah edel aus. Fuchs bezweifelte, dass er es
mit einem Monatsgehalt hätte bezahlen können. Er erkannte
einen Minister, der sich einen Teller befüllen ließ.

„Das Essen ist soweit in Ordnung", näselte Starhovsky. „Die
Weine sind passabel, der Champagner gut. Nehmen wir ein
Glas und gehen zu Kay."

Der Blick des Chefinspektors streifte viele bekannte und halb
bekannte Gesichter, ohne dass ihm die dazugehörigen Namen
eingefallen wären. Er hatte ein gutes Gedächtnis für seine
Klientel. Die Bilder und Namen prominenter Personen
speicherte er jedoch nur, wenn sie die Grenze zwischen ihrer
und seiner Sphäre überschritten. Starhovsky nickte in viele
Richtungen, murmelte Grüße, manchmal lächelte er sparsam.
Fuchs fühlte sich wie unter einer Tarnkappe verborgen, er
erregte im illustren Publikum nicht einmal einen Hauch von
Interesse. Alle schienen völlig ausgelastet mit der Bürde der
eigenen Bedeutung.

Das rote Zimmer leitete seinen Namen offenkundig von einer
schimmernden Holzvertäfelung ab, die dem Licht eine
rötliche Tönung verlieh.

„Der Weißbart", flüsterte sein Begleiter.

Kay saß an einem Tisch und unterhielt sich mit einem Mann,
von dessen Gesicht nur ein knappes Drittel frei lag, den
größeren Teil bedeckte ein Verband. Vernarbtes Gewebe auf
der Stirn und dem kahlen Schädel deutete auf schwere

Verbrennungen hin. Der Hausherr trug einen kurz geschnittenen silbergrauen Vollbart, das lockige Haupthaar war hingegen von makellosem Braun. Die Kombination machte ein Mischwesen aus ihm, eine Chimäre, zusammengesetzt aus Jugend und Alter. Kay sah die Neuankömmlinge, stand auf und schüttelte dem Detektiv die Hand. Als der Fuchs vorstellte, wirkte der Mastermind von Kays Net ehrlich erfreut.

„Chefinspektor Fuchs", sagte er lächelnd mit einer sehr heiseren Stimme. „Ich habe viel von Ihnen gehört."

Auch der andere Mann war aufgestanden, lächelte aber nicht. Entweder konnte er es nicht mehr oder es war ihm gründlich vergangen. Er begnügte sich mit einem Nicken und setzte sich wieder neben einen großen, hageren Typen, der Fuchs' Ankunft gänzlich ignorierte. Er hatte ein Antlitz, wie aus rissigem Holz geschnitzt. Die vielen Risse mochten von Narben stammen und der hölzerne Eindruck von einer Lähmung der Muskulatur. Seltsamerweise fügten sich die beiden Männer ganz gut in die Gesellschaft all der anderen Gesichter, die zwar unversehrt waren, aber ebenfalls in verschiedenen Stadien erstarrt schienen. Vielleicht war das ja das Schicksal öffentlicher Gesichter.

„Sie kennen Doktor Brenner?", erkundigte sich Kay. Fuchs schüttelte den Kopf. „Er hatte vor eineinhalb Jahren diesen schrecklichen Säureunfall."

„Vor eineinhalb Jahren?"

„Folgeoperationen", bemerkte der bandagierte Mann knapp. „Angeblich werde ich irgendwann wieder aussehen wie ein Mensch. Vermutlich in der Urne."

Kay lachte herzlich. „Doktor Brenner ist bekannt für seinen Humor. Aber erzählen Sie von sich, Chefinspektor. Was verschlägt Sie nach Wien?"

„Der Dienst", mischte Starhovsky sich ein und fügte in seiner typischen, leicht boshaften Art hinzu: „Und damit das Dienstgeheimnis."

„Verzeihung, das respektieren wir natürlich."

„So geheim ist es nicht", bemerkte Fuchs. „Wir suchen einen der übelsten Verbrecher der letzten Jahrzehnte."

„Übel in welcher Hinsicht?", fragte Brenner.

„In charakterlicher Hinsicht. Er hält sich für allmächtig."

„Solange Sie ihn nicht gefasst haben, hat er keinen Grund, seine Ansicht zu ändern."

„Wir werden ihn fassen."

Kay lächelte. „Die Statistik liefert ein anderes Bild."

Fuchs erwiderte sein Lächeln nur halbherzig. „Für Typen mit Allmachtsfantasien gibt es keine Statistik. Die stolpern immer über ihr Ego."

„Ich hoffe, Sie behalten recht, Chefinspektor." Er wandte sich an Brenner: „Sie entschuldigen mich. Ich möchte meinen neuen Gast gerne bekannt machen."

Starhovsky stand längst bei einer benachbarten Gruppe. Fuchs wurde von Kay zu einer Wiener Stadträtin dirigiert, dann zu einem Nationalratsabgeordneten, einer ehemaligen Miss Austria und einem Skirennläufer, den er tatsächlich erkannte. Schließlich steuerte der Gastgeber auf einen Stehtisch zu, an dem ein kleiner, korpulenter Mann die Unterhaltung mit einer Platte voller Delikatessen offenkundig jeder anderen vorzog, die ihm hier geboten wurde.

„Das ist Hasi. Hasi – Chefinspektor Fuchs. Hasi ist *der* Spezialist für Sie. Er kennt jeden hier und kann Ihnen alles über jeden erzählen. Er erzählt Ihnen sogar, warum er Hasi heißt. Der perfekte Informant."

„Hans Siebert", stellte sich der Genießer knapp vor. „Hasi seit der Volksschule. Ich habe mich daran gewöhnt."

Kay eilte bereits auf eine Blondine zu, die drei Champagnergläser wie einen kleinen Blumenstrauß in der Hand hielt, leicht schwankte, doch keinen Tropfen verschüttete. Hasi war blond, zwischen dreißig und fünfunddreißig und hatte blaue Augen mit einem festen, gelassenen Blick.

„Essen Sie ruhig fertig", sagte Fuchs, „und fühlen Sie sich zu nichts verpflichtet. Ich komme allein zurecht."

Hasi streifte ein paar Brösel von seinem vorne gewölbten Sakko.

„Holen Sie sich doch auch was zu beißen und bringen Sie eine Flasche Burgunder mit. Vom Champagner kriegt man einen sauren Magen."

Der Chefinspektor nickte und machte sich auf den Weg. Er ging zum Büfett und sagte zu einer Serviererin, die ihn entfernt an seine Klagenfurter Inspektorin Schilling erinnerte: „Geben Sie mir bitte eine Portion von dem, was Sie selbst aussuchen würden." Sie zögerte keine Sekunde und belud eine kleine Platte. „Und eine Flasche Burgunder", bat er, „zwei Gläser."

„Das können Sie nicht allein tragen", sagte sie, als sie fertig war. „Nehmen Sie den Teller."

Hasi erwartete ihn, oder auch nur den Burgunder, ohne ein Zeichen von Ungeduld. Fuchs kam nicht dazu, sich bei der Serviererin zu bedanken, so schnell stellte sie Flasche und Gläser auf den Tisch und lief wieder Richtung Büfett.

Hasi ließ ihr fünf Meter Vorsprung, dann schnippte er mit den Fingern. Sie erstarrte. „Leergeschirr", flüsterte er.

Die Serviererin kam, ohne jemanden anzusehen, an den Tisch zurück, nahm den gebrauchten Teller und zog ab wie ein gescholtener Hund. Fuchs widmete sich seinen Häppchen, sein Tischgenosse schenkte Wein in die Gläser.

„Welche Funktion nehmen Sie bei Kays Net ein?", erkundigte sich Fuchs zwischen zwei Bissen.

„Wie kommen Sie darauf, dass ich eine habe?"

„Die junge Frau zeigte auffallend viel Respekt vor Ihnen. Mehr als vor einem gewöhnlichen Gast."

„Sie sind ja ein kluger Bulle", stellte Hasi fest. Es klang nicht so, als ob er sich deshalb Sorgen machte. „Ich helfe Kay bei der Organisation. Übrigens: Gewöhnliche Gäste verirren sich nicht zu uns."

„Ist die Organisation Ihr Hauptberuf?"

„Kann man so sagen. Ich treibe mich viel herum, stelle Kontakte her und bereite kleine Feste zu besonderen Anlässen vor."

„Kay nennt Sie den besten Informanten. Worüber können Sie mich informieren?"

„Kommt darauf an, was Sie wissen wollen. Ich kann Ihnen zum Beispiel verraten, bei welcher der anwesenden Damen Sie ohne Aufwand noch heute im Bett landen, wenn Sie es darauf anlegen." Er deutete ein Grinsen an. „Und ob es sich lohnt. Interessiert?"

„Momentan nicht, danke. Gehört die mit dem Champagnerstrauß auch dazu? Sie kommt mir bekannt vor." Das erheiterte Hasi. „Oh Mann, Sie sind ja tatsächlich ein Landei! Kennen die F nicht, eine Theatergröße. Gehört dazu, ja. Lohnt sich aber definitiv nicht. Es sei denn, Sie stehen auf Sex mit einer Scheintoten. Sie hält sich ganz im Ernst für ziemlich tugendhaft, nur weil sie sich an neun Zehntel ihrer Liebhaber nicht erinnert. Mir wird ewig ein Rätsel bleiben, wie die sich ihre Texte merkt. Auf der Bühne ist sie nämlich gut."

„Warum treibt Kay diesen Aufwand?"

„Hat Ihnen das der Graf nicht erklärt?"

„Nur, dass er vor Jahren mit einem Restaurant scheiterte und dann im Ausland sein Glück gemacht hat."

Der kleine Blonde schenkte nach. „Warum er sich den Spaß hier leistet, weiß ich selbst nicht. Er zog in Kanada und den USA eine Restaurantkette auf. Mit dem gleichen Grundkonzept wie hier. Dort funktionierte es. Und dann investierte er den Gewinn in Start-ups. Eines davon wurde um vier Milliarden Dollar von einem größeren Fisch geschluckt."

„Klingt nach einer Menge Kohle."

„Er wollte mir nie verraten, wie viel er dabei eingestrichen hat. Er meint aber, dass noch seine Enkel jeden Tag so eine Party schmeißen könnten, ohne je einen Finger dafür rühren zu müssen."

„Hat er Kinder?"

„Meines Wissens nicht. Damit ist wohl auch der Spruch mit den Enkeln nur bildhaft zu verstehen."

„Der Graf glaubt, Geldleute seien nicht wählerisch, wenn es darum geht, sich Anerkennung zu kaufen."

Hasi zuckte die Achseln. „Der Graf ist selbst Geschäftsmann. Vielleicht nagt da der Neid. Als Adeliger ein Detektivbüro zu leiten, ist ja kein allzu prestigeträchtiger Job. Nicht einmal besonders einträglich, was man so hört."

„Was hört man so?", erkundigte sich Fuchs.

Hasi schob einen kleinen Würfel aus Weißbrot mit einem lachsroten Aufstrich in seinen Mund und blinzelte belustigt. „Starhovsky ist ebenfalls eine legendäre Größe in der Stadt. Haben Sie Mark Twains ‚Bummel durch Europa' gelesen?"

Fuchs schüttelte den Kopf. „Er beschreibt, wie er in einer deutschen Oper einem grottenschlechten alten Sänger zuhören musste. Als der Kerl endlich fertig war, jubelte das Publikum vor Begeisterung. Twain fragte seinen Begleiter: ‚Warum applaudieren die Leute? Er singt doch schrecklich!' Die Antwort lautete: ‚Ja, heute singt er schrecklich. Aber Sie hätten ihn vor dreißig Jahren hören sollen!'"

Der Chefinspektor betrachtete Starhovsky, der – einige Tischchen entfernt – zwei junge Frauen mit einer Geschichte zum Kichern brachte. „Er hat seine besten Zeiten hinter sich?"

Hasi trank sein Glas aus und füllte es neu. „In den Sechzigern und Siebzigern war er der Beste."

„Was ist Doktor Brenner zugestoßen?"

„Er ist ein bekannter Finanzier und Sanierer. Besichtigte gerade die Produktion eines maroden Industriebetriebs, als ein Ventil versagte. Hatte das Pech, direkt danebenzustehen. Salz- oder Schwefelsäure, ich war in Chemie immer eine Niete."

Fuchs kaute die dünne Scheibe eines für ihn nicht zuordenbaren Tiers, die traumhaft zart und geschmackvoll war. „Ein Unfall?"

Hasi hob unschlüssig seine runden Schultern. „Die Belegschaft war von seinen Plänen nicht begeistert. Es gab aber keinerlei Hinweis auf Sabotage."

„Und sein schweigsamer Freund?"

„Über den weiß ich nur wenig. Ist nicht der mitteilsame Typ. Soll sich geschäftlich im wilden Osten engagiert haben. Da wird mit harten Bandagen gekämpft. Er wurde in eine Auseinandersetzung verwickelt, die ihn direkt in die Klinik brachte, in der auch Doktor Brenner behandelt wurde. Dort lernten sie einander kennen und schätzen. Geteiltes Leid ist halbes Leid, heißt es."

„Hat er einen Namen?"

Wieder blinzelte Fuchs' Kumpel – denn dazu war er mittlerweile beinahe schon geworden – ihn belustigt an. „Hat er. Kurt Wobert."

Fuchs fiel auf, dass es trotz der sommerlichen Temperaturen und der vielen Menschen im Salon weder heiß noch stickig war. Also war auch die Klimaanlage vom Feinsten. In mancher Hinsicht ein kleines Paradies für die Privilegierten, die hier Einlass erhielten. Dennoch, etwas fehlte Fuchs. Hasi erriet es, nahm die halb volle Flasche und sagte: „Gehen wir nach oben." Der Chefinspektor warf ihm einen fragenden Blick zu. „Raucheretage."

Sie passierten das Büfett und gelangten über die geschwungene Treppe ins nächste Stockwerk. In einem großen, reich mit Stuckaturen verzierten Raum, standen runde Kaffeehaustische, umkränzt von Thonetstühlen, die meisten besetzt. Auf einem der Tische saß die F mit bloßen Füßen im Schneidersitz, eine Flasche Champagner neben sich, und deklamierte mit geschlossenen Augen ein Gedicht. Nach jeder Strophe nahm sie einen herzhaften Schluck aus der Flasche. Vor ihr saß ein Mann, der seinen Blick nicht von ihren Schenkeln lösen konnte. Immer wenn sie eine Pause machte, applaudierte er. Niemand beachtete die beiden. Die meisten Gäste rauchten, tranken Wein aus funkelnden Kristallgläsern und unterhielten sich. Der Chefinspektor und Hasi fanden einen freien Tisch und zündeten ihre Zigaretten an. Es war wärmer hier, vermutlich wegen der geöffneten Fenster. Fuchs fühlte sich wohler als im Trubel unten. Einige Minuten verbrachten sie schweigend, schnappten Gesprächsfetzen auf und verfolgten müßig die dünnen Rauchsäulen, die nach oben stiegen und eine Wolke bilden wollten, was ein unermüdlicher Luftreiniger beständig verhinderte.

„Kennen Sie einen Christian Velik?", fragte Fuchs, dem plötzlich der verschwundene Banker in den Sinn gekommen war.

„Ja", erwiderte Hasi sofort. „Er taucht alle paar Tage auf – falls wir denselben meinen. Unserer ist immer wie aus dem Ei gepellt und liest wahrscheinlich noch im Bett Bilanzen."

„Das wird er sein. Wann war er zuletzt hier?"

Diesmal dachte sein Begleiter kurz nach. „Vorgestern. Blieb bis elf oder so. Was ist mit ihm?"

„Wir wollen ihn etwas fragen." Hasi drang nicht weiter in ihn. Er war anscheinend kein neugieriger Mensch. „Was wissen Sie über Velik?", hakte der Chefinspektor nach.

„Er nimmt eine recht einflussreiche Position ein. Und er ist fast unanständig korrekt." Kays Organisator ließ seinen Blick über die Gäste schweifen, die miteinander plauderten, lachten, tranken, rauchten … „Die meisten Leute lassen sich gerne einmal gehen. Mehr oder weniger. Für Velik kommt das nicht infrage, der hat sich in jeder Situation unter Kontrolle. Kein Kratzer auf der Fassade."

Fuchs nahm einen tiefen Zug. „Und hinter der Fassade?"

„Man kann in niemanden reinschauen", entgegnete der andere. „Rein gefühlsmäßig glaube ich nicht, dass ein Mensch so makellos sein kann." Er grinste. „Vielleicht schließe ich aber nur von mir auf unseren Freund und tue ihm unrecht damit."

„Frauengeschichten?"

„Würde passen. Falls ja, dann aber sehr diskret."

Fuchs wechselte das Thema. „Kam die Mohr auch hierher?"

„Mona Mohr? Nein, nie."

„Wurde sie nicht eingeladen?"

Der Dicke lachte. „Und ob! Ein aufgehender Stern. Aber die
jungen Leute zieht Kays Net nicht so an. Die sind auf der
Suche nach Aufregenderem."
„Sie sind doch selbst noch jung."
Hasi machte eine abwehrende Geste. „Ich habe zum Jungsein
nie Zeit gehabt. Seit meinem Zwölften schlage ich mich
alleine durch."
Plötzlich kam Wobert in den Raum, der hagere Mann mit dem
gelähmten Gesicht. Er trat direkt zu dem Tisch, auf dem die F
saß, die nach wie vor mit ihrem Gedicht und der Flasche
beschäftigt war. Er legte die Hand auf ihr Knie und sagte
halblaut: „Gehen wir."
Sie öffnete die Augen und blickte ihn verständnislos an. Ihr
Fan, oder jedenfalls der Fan ihres Schneidersitzes, schraubte
sich aus seinem Sessel hoch. Er war so groß wie Wobert und
etwa doppelt so breit. Man merkte seiner Stimme an, dass ihm
die Hand auf dem Knie überhaupt nicht gefiel.
„Hör mal, Freundchen", presste er hervor. „Warum belästigst
du die Dame?"
Der Hagere drehte langsam den Kopf in seine Richtung.
Fuchs sah von seinem Platz aus direkt in sein Gesicht. Wobert
sagte kein Wort, er blickte den anderen nur an, die schwarzen
Augen ebenso starr wie der Rest seiner Miene. Selbst der
Chefinspektor fühlte, dass sich die Härchen in seinem Nacken
aufrichteten, obwohl er an der stummen Auseinandersetzung
gar nicht beteiligt war. Das Duell dauerte eine halbe Minute,
dann wich die Spannung aus dem Körper des Fans. Seine
Schultern sackten nach unten, er wich einen Schritt zurück,
drehte sich um und verließ den Raum. Sein Bezwinger wandte
sich wieder der F zu, die ernüchtert wirkte, und wiederholte:
„Gehen wir."
Sie entwirrte ihre Beine und rutschte vom Tisch. Ihre Füße
fanden die Pumps, die dort lagen. Sie wollte noch einmal die
Flasche heben, doch der Hagere nahm sie aus ihrer Hand und
stellte sie ab. Sie hakte ihren Arm unter seinen und ging mit
unsicheren Schritten neben ihm zum Ausgang.

„Und die wollten Sie mir andrehen", bemerkte Fuchs.
Hasi grinste breit und unbekümmert. „Sie sind doch ein
tapferer Bulle. Was sollte Ihnen das Holzgesicht schon
anhaben?"
„Will ich gar nicht wissen", murmelte der Chefinspektor.
Starhovsky erschien mit seinem Damengefolge. Sie setzten
sich zu Fuchs und Hasi, der alte Detektiv verteilte Zigarillos
und der kleine Dicke organisierte mit einem achtlosen
Fingerschnippen weitere Gläser und Wein.
Deutlich nach Mitternacht standen der Chefinspektor und Hasi
auf dem Straßenpflaster, umgeben von säulen- und
balustradengeschmückten Fassaden mit hohen, dunklen
Fenstern. Die Luft war unbewegt, es hatte kaum abgekühlt.
„Wie kommen Sie nach Hause?", fragte Kays Mädchen für
alles.
„Ich gehe die paar Meter bis zum Regina."
„Dann können wir gemeinsam gehen. Ich muss zum
Schottentor."
Um diese Zeit wirkte das große Wien ungefähr so
weltstädtisch wie das kleine Klagenfurt oder ein Sumpf in
Sibirien: nicht viel los abseits weniger Brennpunkte. Erst in
der Bognergasse kam ihnen ein Mann entgegen, der jedoch
besser in den sibirischen Sumpf gepasst hätte: hochgewachsen
und schwer wie ein Bär. Er redete halblaut mit sich selbst und
was er dabei zu sagen hatte, klang nicht freundlich. Als er
bemerkte, dass jemand näherkam, hörte er auf zu reden. Er
wurde langsamer und scheinbar noch größer.
„Der sucht einen Reibebaum", murmelte der Chefinspektor.
„Kann er haben", flüsterte Hasi. „Lassen Sie mich nur
machen. Bleiben Sie ein bisschen zurück."
Der Große war stehen geblieben. Eins fünfundneunzig,
schätzte Fuchs, knapp einhundertzehn Kilo. Er trug eine
Bürstenfrisur und eine Tätowierung, die wie eine Flechte aus
seinem T-Shirt über den Hals bis zu den Kinnladen wuchs. Im
Licht der Laternen wirkte sie lebendig und bedrohlich. Hasi
mochte es auf einen Meter sechzig und fünfundachtzig Kilo

bringen. Und auf eine ordentliche Portion Mut. Der Mut aus dem Wein? Der Dicke wich auf die Straße aus, um an dem Großen vorüberzugehen, doch der trat ihm in den Weg.

„He Kleiner, hast du Feuer?"

„Nein."

„Na, dann schenk mir einen Fünfer. Reicht auch."

„Nein."

„Was hast du gesagt, Kleiner?"

„Ich habe Nein gesagt."

Der große Bursche blähte sich auf. „Hör zu, du laufender Meter. Komm mir nicht komisch, sonst ..."

Hasi trat einen Schritt auf ihn zu. „Was sonst?"

Sein Kontrahent war verblüfft und zugleich herausgefordert.

„Sonst bring ich dir bei, wie man ohne Zähne frühstückt, Halber."

„Okay", erwiderte Hasi. „Bring's mir bei."

„Wie du willst." Überraschend schnell stieß eine Bärenfaust in Richtung Hasis Gesicht. Doch das war schon woanders. Der Kopf des Kleinen bohrte sich wie ein Rammbock in den Solarplexus des tätowierten Burschen, während seine Rechte mit einem gewaltigen Aufwärtshaken in dessen Schritt donnerte. Nicht schön, aber wirksam, fand Fuchs. Heulend ging der Große zu Boden. Bevor er dort anlangte, kassierte er noch einen Kniestoß ins Gesicht und einen Tritt in die Nierengegend. In aller Ruhe spazierte Hasi zu Fuchs.

„Ich habe ihn weder provoziert noch zuerst angegriffen, stimmt's?"

„Stimmt." Fuchs warf einen Blick zum Bären, der wimmernd zur Hauswand robbte und mit ihrer Hilfe langsam hochkam. Weit vornübergebeugt setzte er seinen Weg mit kleinen Schritten fort, ohne etwas zu sagen oder sich umzudrehen.

„Wo haben Sie das gelernt?"

„Mein Kindergarten war die Straße. Und meine Statur verführte die Älteren immer dazu, mich als Prügelknaben zu betrachten. Nur machte ich nicht mit und habe mir nie was gefallen lassen. Der Rest ergibt sich. Was hätten Sie getan?"

Der Chefinspektor tippte auf den Fünfer und in zweiter Instanz auf die Überzeugungskraft seiner Kanone, aber das sagte er nicht. „Keine Ahnung, Sie haben es mir ja abgenommen."

Am Schottentor trennten sie sich. Erst auf seinem Zimmer fiel Fuchs ein, dass er Samantha anrufen wollte. Es war kurz nach zwei. Er riskierte es, doch sie hatte das Handy abgeschaltet.

12

Der Wecker des Smartphones sandte eine an- und absteigende
Welle von Pieptönen aus. Fuchs' Hand tastete fahrig über das
Nachtkästchen und wischte das Gerät von der Kante. Es
zerlegte sich am Boden in mehrere Stücke, piepste aber
weiter. Der Chefinspektor fluchte leise, wollte das Handy
aufheben und entdeckte, dass der piepsende Teil weit unter
das Bett gerutscht war. Er fluchte erheblich lauter, weil er
nicht heranreichte, und schob sich unter das Bettgestell. Wäre
das Zimmermädchen sorgfältiger gewesen und das Licht in
einem anderen Winkel eingefallen, hätte er den Abdruck der
Hand im dünnen Staubfilm nicht erkannt. Den Abdruck einer
linken Hand, deren Finger vom Bett in Richtung Zimmer
wiesen. Fuchs wälzte sich auf den Rücken und rückte so weit
zur Seite, bis sich seine eigene linke Hand auf der Position des
fremden Abdrucks befand. Dann blickte er nach oben in die
Eingeweide des Betteinsatzes und fand auf Anhieb eine
Wanze. Fuchs rührte sie nicht an. Er quälte sich unter dem
Möbel hervor, setzte das Smartphone zusammen und startete
noch im Pyjama eine genaue Durchsuchung des Raums.
Zweimal wurde er fündig, jeweils im Futter seiner beiden
Sakkos. Er beließ die winzigen Sender, wo sie waren, duschte,
zog sich an und ging zum Frühstück.
Anschließend verließ er das Hotel. Die Sommerhitze hatte
bereits am frühen Vormittag eingesetzt. Der berüchtigte
Wiener Wind blieb heute aus. Fuchs kaufte sich einen
Schreibblock und spazierte zur Universität, wo er einige
Monate verbracht hatte, ehe er zur Polizeischule gewechselt
war. Statt des Windes umwehte ihn ein Hauch nostalgischer
Erinnerungen, als er über die Rampe zum Haupteingang
schritt, doch auch sie wirkten nicht erfrischend. Er betrat den
Innenhof, setzte sich auf eine Bank zwischen den mächtigen
Säulen des Arkadengangs und fertigte eine Liste an. Es
dauerte eine Weile, bis er alles notiert hatte. Wie ein Tourist
schlenderte er dann durch den Hof und betrachtete die Büsten,

die er stets als etwas makaber empfunden hatte. Eine
Sammlung steinerner Häupter, Trophäen der Wissenschaft,
ähnlich der archaischen Sitte, tote Tierköpfe an Wände zu
hängen. Genügte nicht ein Name? Genügte nicht ein Werk?
Als Fuchs sicher war, dass Chefinspektor Lacher den Weg in
sein Klagenfurter Büro gefunden hatte, begab er sich von der
Uni ins nächste Postamt und faxte ihm die Liste. Minuten
später erhielt er Lachers Bestätigungs-SMS: „Paranoid? Egal.
Bis dann."
Gleich darauf kam noch eine unerbetene Zugabe: „Wellness
ist einfach wundervoll. Küsse, Sam."
Fuchs atmete tief durch und verfiel beinahe in Laufschritt. Er
setzte sich ins Raucherzimmer seines neuen Stammcafés.
„Bringen Sie mir ein kleines Bier!", rief er innerlich ergrimmt
in Richtung Kellner. Dann tippte er eine Antwort-SMS an
seine Freundin: „Ganz toll. Lol."

13

Eine halbe Stunde später betrat er sein Zimmerchen im
Präsidium und hatte sich noch nicht gesetzt, als bereits
Prohaska in den Raum stürmte.
„Sie sollen sofort zu Oberst Krainer kommen!", platzte er
heraus.
„Guten Morgen", erwiderte Fuchs. „Was gibt es Dringendes?"
Die Röte, die diesmal das Gesicht des jungen Inspektors
überflutete, stellte alle bisherigen in den Schatten. „Oberst
Nemeth ist bei ihm. Er wirkt ungehalten."
„Oberst Nemeth?"
„Interne Aufsicht."
Der Chefinspektor fasste Prohaska scharf ins Auge. „Was
kann der von mir wollen?"
Sein Gegenüber wand sich wie ein Wurm am Haken. „Er hat
mich auch schon befragt."
Fuchs ahnte, woher der Wind wehte. Ein Schabenwind. „Die
Untersuchung im Velik-Bungalow?"
„Ja."
„Na, dann gehen wir."
Mehr neugierig als besorgt folgte der Chefinspektor dem ihm
zugeteilten Beamten. Als er Krainers Büro betrat – der
Inspektor zog es vor, draußen zu warten –, zündete der sich
gerade einen neuen Zigarillo an. Ein zweiter Mann saß an der
Schmalseite des Schreibtischs und beobachtete dies mit vor
Unwillen fest zusammengekniffenen Lippen. Sie waren das
einzig Feste in einem teigigen, fahlen Gesicht, in dem sonst
alles scheinbar haltlos herumhing: die Wangen, die
Augenlider, das Dreifachkinn, sogar die Nasenspitze, die
aussah, als wollte sie bei der nächsten heftigen Bewegung wie
ein unförmiger Tropfen herabfallen. Oberst Nemeth war kein
Bild von einem Mann. Oder, dachte Fuchs, ein grandios
missratenes Bild in einem ovalen Rahmen aus schütterem
grauem Haar.

Nemeths Kopf zuckte in seine Richtung, die Nasenspitze fiel nicht, aus den zusammengekniffenen Lippen blaffte ein „Na endlich!"

Krainer ließ graublauen Rauch über seine Nase nach oben streichen.

„Nehmen Sie Platz, Fuchs", sagte er. „Das ist Oberst Nemeth von der internen Kontrolle. Eine Ruhmessäule der Wiener Polizei." Der aus Granit gemeißelte Offizier gab sich keinerlei Mühe, seinen Sarkasmus zu bemänteln. Er blies Rauchwolke um Rauchwolke in Richtung seines Kollegen. „Stecken Sie sich ruhig eine Zigarette an. Der Interne ist Nichtraucher, also ersparen Sie sich die Mühe, ihm eine zu offerieren. Er hätte Sie übrigens viel lieber in seiner eigenen strengen Kammer bearbeitet, so wie den armen Prohaska. Aber da ich für Sie zuständig bin, habe ich ihn eingeladen, sich bei mir einzufinden, und siehe, er ist gekommen. Also Nemeth, sagen Sie dem Chefinspektor aus dem schönen Kärnten, was Sie auf dem Herzen haben."

Der Angesprochene blubberte regelrecht vor unterdrückter Wut. Fuchs fragte sich erneut, welche Position Krainer im komplizierten Machtgefüge des Wiener Polizeiapparats einnehmen mochte. Keine geringe, jedenfalls.

Dem vorgeführten Oberst fiel es nicht leicht, seine Stimme zu kontrollieren. „Sie haben Ihre Befugnisse weit überschritten, Chefinspektor. Prohaska hat es bestätigt."

Fuchs, der dieses Spiel nicht durchschaute, begnügte sich mit einem indifferenten „Inwiefern, Herr Oberst?"

„Sie haben einen mutmaßlichen Einbruchsversuch dazu missbraucht, eine nicht autorisierte Haussuchung vorzunehmen. Wie erklären Sie das?"

„Der Einbrecher befand sich im Haus, als wir eintrafen. Es hätten sich noch weitere Personen darin aufhalten können."

„Aber dem war nicht so", zischte der Oberst. „Und Sie haben es trotzdem durchsucht."

„Wir mussten die Räume sichern. Dabei fand ich das Einschussloch."

Nemeths Stimme wurde lauter. „Obwohl es kaum zu entdecken war, wie man mir sagte. Einfach so?" Der Chefinspektor begnügte sich mit einem Nicken. „Soll ich das glauben?", brüllte der Oberst.

Krainer lächelte. „Die Kugel stammt aus der Waffe, die im Auto der Mohr gefunden wurde."

Er legte eine Kunstpause ein. „Wie man mir vor einigen Minuten sagte."

Nemeth stand auf, mit einem Mal völlig ruhig, und trat nahe an Fuchs heran. „Wir wollen hier keine Kärntner Methoden, Chefinspektor. Denken Sie an meine Worte."

Abrupt wandte er sich ab, verließ das Büro und vergaß, die Tür zu schließen. Krainer holte das nach. Er hinkte, offenbar konnte er das linke Knie nur eingeschränkt abbiegen. Wieder hinter seinem ebenfalls versehrten Schreibtisch angelangt, produzierte er für eine Weile große Rauchringe und kleine, die durch die großen flutschten, ohne sie zu berühren.

„Ich kenne Nemeth seit Jahrzehnten", bemerkte er schließlich. „Einer von seiner Sorte richtet mehr Schaden an, als zehn tüchtige Bullen gutmachen können. Kreiden Sie seinen Auftritt nicht Prohaska an, der hat kein Wort von der Sache erwähnt. Erst als ihn der alte Schleicher in die Mangel nahm, hat er zugegeben, was er ohnehin nicht abstreiten konnte." Er fing Fuchs' skeptischen Blick auf. „Sie können mir ruhig glauben. Typen wie Nemeth sind immer gut vernetzt. Das zählt zu ihren Stärken."

„Wie geht es jetzt weiter?", erkundigte sich der Chefinspektor.

„Bleiben Sie dran. Immerhin haben Sie Bewegung reingebracht. Treiben Sie diesen Velik auf, finden Sie die Clowns, besuchen Sie Kay …"

Auch Krainer musste bemerkenswert gut vernetzt sein, fand Fuchs. Sein Ausflug in Kays Palais lag noch keinen Tag zurück. Als hätte er seine Gedanken gelesen, fügte der Oberst hinzu: „In Klagenfurt spielt sich vieles im Verborgenen ab, in

Wien alles. Die Gene einer alten Hauptstadt ändern sich nicht so schnell."

„Und die ihrer Bewohner?"

„Die Stadt ist stärker." Der Oberst tauschte den Zigarillo, legte die Füße auf die leere Schreibtischplatte und lenkte seinen Blick durchs Fenster auf irgendetwas Fernes, das nur er allein sah.

Der Chefinspektor murmelte einen Gruß, erhob sich und ging zurück in sein Gastbüro. Er war nicht überrascht, dass Inspektor Prohaska bereits auf ihn wartete. Er streckte ihm eine Aktenhülle entgegen.

„Neuigkeiten aus dem Labor."

„So schnell?", wunderte sich Fuchs.

„Der Oberst", bemerkte Prohaska, als wäre damit alles gesagt. Und das traf wohl auch zu.

Der Chefinspektor fühlte sich verstimmt. Vor Jahren, als Polizeischüler, hatte er von dem Rhythmus, in dem die Dinge hier geschahen, nichts mitbekommen. Jetzt durchschaute er ihn nicht, und das ärgerte ihn. Umso mehr, als er ahnte, dass es einem fremden Bullen in seiner Stadt genauso ergangen wäre. Mit der Ausnahme von Krainer, möglicherweise.

„Berichten Sie", forderte er knapp.

„Die Spurensicherung hat in Veliks Haus eine Flasche Cranberry-Likör gefunden. In einer Schublade des Kleiderschranks, versteckt hinter einem Wäschestapel."

„Und?"

„Im Autopsiebericht war die Rede von Moosbeerenlikör, das ist das gleiche Zeug."

Der Chefinspektor erinnerte sich vage an die Mageninhaltsanalyse von Mona Mohr. „Wenn der Likör nur Moosbeeren enthielt, gab es keinen Grund, ihn zu verstecken."

Er erkannte am Gesichtsausdruck des Inspektors, dass er ihm die Pointe verdorben hatte, und bemühte sich, seine Zufriedenheit darüber zu verbergen. Solche Punkte zählten doppelt, wenn man von einer Phalanx von Schaben misstrauisch beäugt wurde.

„Mmh, ja. Der Likör ist mit der Droge versetzt, die man ebenfalls in ihrem Magen gefunden hat."

Fuchs überlegte. „Also ahnte sie wahrscheinlich gar nicht, was sie zusätzlich schluckte. Vielleicht hat der Einbrecher nach dieser Flasche gesucht – das erklärt die Unordnung in der Bar. Aber jemand anders versteckte sie zuvor."

„Velik?"

„Keine Ahnung. Jedenfalls jemand, der von der Droge wusste." Beide hingen sekundenlang ihren Gedanken nach. Der Chefinspektor beendete die Pause. „Etwas Neues vom Vermissten?"

„Er ist noch nicht aufgetaucht, aber wir haben seinen Jaguar gefunden. Auf dem Parkplatz eines Supermarkts in Floridsdorf. Er stand schon am Abend dort. In der Früh verständigte der Marktleiter die Kollegen."

„Das Auto ist leer?"

„Leer und bestens aufgeräumt. Keine verdächtigen Spuren."

Fuchs verzierte seinen neuen Schreibblock mit einem Muster im Stil jungsteinzeitlicher Bandkeramik. Weder vergleichbar schön noch erkennbar sinnvoll, doch es half ihm dabei, laut nachzudenken:

„Der Typ fährt also gestern von seinem Landhaus nach Wien, wo er einen wichtigen Termin einhalten muss. Er stellt am Unfallort eine Zeichnung ab, die möglicherweise von seiner Geliebten angefertigt wurde. Ihr letztes Geschenk an ihn, den Verräter? Laut unserer Zeugin fährt er bald weiter. In der Bank kommt er aber nie an. Sein Handy ist abgeschaltet, sein Auto wird leer aufgefunden. Velik ist weg. Zeitgleich bricht jemand in sein Landhaus ein." Das Muster auf dem Block wurde komplizierter. „Warum jetzt?"

Prohaska sah den Chefinspektor verständnislos an.

„Warum jetzt?", wiederholte der ungeduldig. „Der Unfall liegt mehr als zwei Wochen zurück. Er hätte die Zeichnung längst deponieren können. Dasselbe gilt für den Einbrecher. Weshalb wartet er so lange, wenn seine Aktion etwas mit dem Tod der Mohr zu tun hatte?" Er fixierte den Inspektor mit einem unzufriedenen, durchdringenden Blick. „Fällt Ihnen dazu was ein?" Mehr als eine unbestimmbare Geste kam nicht zurück. „Mir schon", knurrte Fuchs. „Beides geschah erst, nachdem Breuers Abdruck auftauchte und ich nach Wien geschickt wurde." Er nahm den Block an sich und stand auf. „Ich muss noch etwas erledigen. Sehen Sie zu, dass die Analyse des Videos vorankommt."

In der Postfiliale schrieb er „Oberst Nemeth" auf ein frisches Blatt und faxte es an Lacher. Die SMS ließ nicht lange auf sich warten: „Die werden uns auf offenem Feuer rösten." Fuchs löschte sie.

Langsam schlenderte er über den Rathausplatz, durch den Volksgarten, wechselte erneut auf die andere Seite des Rings, passierte die großen Museen, ohne Maria Theresia einen Blick zu gönnen, und landete in der Mariahilfer Straße. In den letzten Jahren hatte er zu viel über Handy- und E-Mail-Überwachung gehört und gelesen, als dass er sich auf diesem Weg mit Lacher austauschen wollte. Das Fax erschien ihm sicherer, einfach deshalb, weil es kaum noch verwendet wurde. Wirklich sicher allerdings nicht. Auch besaß er keinen Hinweis darauf, wem er die Wanzen in seinem Zimmer und den Sakkos verdankte. Hatte er überhaupt alle entdeckt? Fuchs machte sich nicht die Mühe, nach möglichen Verfolgern Ausschau zu halten. In dieser Meute von Urlaubern hätte es auch ein Känguru geschafft, ihm unauffällig auf den Fersen zu bleiben.

Nach einem Blick ins Schaufenster betrat er ein Modehaus und wählte eine komplette Ausstattung für sich und ein Kleid für Sam. Er sagte, es handle sich um ein Geschenk für ein befreundetes Paar, und bat die Verkäuferin, es möglichst aufwendig einzupacken. Sie war Feuer und Flamme und garnierte seinen Karton mit so viel Schleifen, Federn und anderem Firlefanz, dass kein Spezialist der Welt ihn öffnen und danach wieder originalgetreu verschließen konnte.

Danach verabredete sich der Chefinspektor mit Penta in einem McDonald's. Der Sachensammler benötigte für den Weg nicht einmal eine halbe Stunde. Fuchs steckte ihm einen vorbereiteten Zettel zu, der zwei als Bitten formulierte Anweisungen enthielt: Lachers Privatanschluss von einer öffentlichen Zelle aus anzurufen, um ihm einen Treffpunkt bekannt zu geben, und für Fuchs einen Mietwagen zu besorgen.

Der kleine Detektiv grinste und schrieb etwas auf eine Serviette.

Fuchs las: „Soll ich den Wisch verbrennen oder schlucken?" Er deutete ein Schlucken an und gab seinem Landsmann Geld für den Wagen.

Sie aßen einen Burger, tranken ein Cola und trennten sich.

Fuchs schaffte das Paket in sein Zimmer im Regina und machte sich fertig für einen zweiten Besuch im Kays Net.

14

Die diskreten Burschen am Empfang begrüßten ihn, als sei er seit jeher ein bevorzugter Ehrengast und auch die Serviererin von gestern erkannte ihn auf Anhieb.

„Hat Ihnen meine Auswahl geschmeckt?"

„Ich hatte gehofft, dass Sie hier sind. Stellen Sie mir später noch so eine zusammen?"

„Bis elf gerne. Dann werde ich abgelöst."

Fuchs nickte zustimmend und stieg eine Etage höher in den Raucherbereich. Er folgte keinem bestimmten Ziel, nur einem Spiel, das er sich zurechtgelegt hatte. Dieser Software-Foto-Typ in Klagenfurt, an dessen Namen er sich nicht erinnerte, war vom Original-Breuer ausgegangen, um zu zeigen, wie der heute möglicherweise aussah. Er drehte das Verfahren um. Er musterte die plaudernden, trinkenden und rauchenden Männer und versuchte einzuschätzen, ob ein fähiger Chirurg sie zu einem Breuer ummodeln könnte. Was lässt sich nicht alles aus der Frontansicht eines Durchschnittsautos machen? Vom biederen Langweiler bis zum aggressiven Draufgänger steckt jede Variante drin – bei ein und demselben Modell. Eine Frage der Fantasie und Handfertigkeit. Viele der anwesenden Männer schieden aufgrund ihrer Kopfform oder Körpergröße von vornherein aus, doch es blieben etliche, bei denen es denkbar schien.

Jemand klopfte ihm auf die Schulter. Er drehte sich um und blickte in ein stark gerötetes Männergesicht, das ihn anstrahlte. Es gehörte einem fünfzigjährigen Anzugträger, dem Fuchs nie zuvor begegnet war.

„Bezirksrat Weidlinger", stellte er sich vor. „Freut mich, Sie kennenzulernen, Herr Chefinspektor." Fuchs drückte kurz die vorgestreckte Hand. Sie war warm und feucht. „Es ist gut, dass unsere Polizei so kompetent unterstützt wird. Ich habe von Ihrem Erfolg in den Zeitungen gelesen. Zwar bin ich nur Bezirksrat", fügte er mit unaufrichtiger Bescheidenheit hinzu,

„doch wenn ich helfen kann, wenden Sie sich ruhig an mich. Ich habe auch Kontakte."

„Danke", murmelte der Chefinspektor.

„Ist doch eine Selbstverständlichkeit", dröhnte sein neuer Bekannter. „Wenn es um die innere Sicherheit geht, ziehen wir doch alle an einem Strang."

Auch Wiener Politiker liebten also den unbestimmten Plural, wenn es ums Wiederkäuen von Allgemeinplätzen ging.

„Wer wir?", fragte Fuchs.

„Die Österreicher", erwiderte sein Gegenüber glatt und geübt, mit einer ganz eigenen Betonung auf Österreicher.

„Verstehe. Nun, wir kommen voran."

Und der Chefinspektor aus Klagenfurt konnte der Versuchung nicht widerstehen, mit gesenkter Stimme fortzufahren: „Sie werden zu den Ersten zählen, die informiert werden."

Sichtlich geschmeichelt nickte der Bezirksrat. Sie drückten einander nochmals fest die Hände. Nach einem Gang zu den Waschräumen strebte Fuchs zum Büfett und wartete, bis seine Serviererin frei war. „Jetzt bin ich bereit."

Sie nahm einen Teller und wählte mit Bedacht. „Wieder den Burgunder?"

„Diesmal nur ein Glas."

Er fragte sich, warum sie ihn an Inspektorin Schilling erinnerte, obwohl sie ihr nicht besonders ähnlich sah. Vielleicht lag es an der Bestimmtheit, mit der sie wusste, was ihm schmecken würde. Sie war eine hübsche, zierliche Blondine um die fünfundzwanzig mit einem ernsten Gesicht, jedenfalls während der Pausen, in denen sie nicht den Gästen zulächelte.

Als sie ihm die Platte reichte, wirkte sie plötzlich nervös. Er fühlte das Papier, das sie daruntergeklemmt hatte. Erst als sie merkte, dass er ihre Absicht verstand, entspannte sie sich. Fuchs suchte einen der freien Stehtische auf und ließ die Botschaft ungelesen in die Tasche gleiten, aus der er zur Tarnung seiner Bewegung ein Taschentuch zog, um sich zu schnäuzen. Er hätte die Szene und sich selbst spöttisch belächelt, wenn ihm sein eigenes Verhalten gegenüber Penta nicht so gegenwärtig gewesen wäre.

Zwei Tische neben ihm stand Hasi mit der Schauspielerin F, die den Champagner wieder direkt aus der Flasche trank. Hasi zwinkerte ihm zu. Der Chefinspektor nickte grüßend und widmete sich dann den Häppchen. Als er fertig war, überlegte er, die Toilette aufzusuchen, um zu sehen, was die Serviererin, deren Namen er nicht einmal kannte, ihm mitteilen wollte. Doch die vielen Monitore, die er beim Blick in die Portiersloge gesehen hatte, hielten ihn davon ab. Nach allem, was er zurzeit an Überwachungseifer miterlebte, boten auch die ehemals stillen Örtchen keine Garantie für eine geschützte Privatsphäre. Eine geöffnete Balkontür brachte ihn auf die Idee, etwas frische Luft zu schnappen, gemildert durch den Qualm einer Zigarette. Er war allein im Freien, dem beleuchteten Turm des Stephansdoms schenkte er keine Beachtung.

Auf dem Zettel stand in Druckbuchstaben: „Marxergasse 5. Melitta Berger. Um eins. Bitte!!!"

Drei Rufzeichen. Hatte er nicht irgendetwas in der Richtung erwartet? Irgendeine Entwicklung? Und doch: Einen kurzen, eitlen Moment lang dachte Fuchs an die Kraft seiner Ausstrahlung auf eine hübsche Fünfundzwanzigjährige. Dann sah er seine Silhouette gespiegelt im hohen Fenster der Balkontür und schnitt ihr eine Grimasse. Im Kampf mit Samantha war wohl der Rachewunsch zum Vater seines Gedankens geworden. Er rauchte die Zigarette zu Ende und schnippte den Stummel in den grauen Straßenschlund der alten Habsburgerstadt.

Hasi trat zu ihm heraus, zwei Gläser in der Hand, von denen er eines an ihn weiterreichte.

„Ist Ihnen die Gesellschaft der F zu gefährlich?", erkundigte sich Fuchs.

Hasi kicherte. „Sie hockt schon wieder oben und trägt Gedichte vor. Und säuft. Die Frau ernährt sich von Champagner." Er steckte sich eine Zigarette an. „Sind Sie mit

Ihrer Suche vorangekommen?" Der Chefinspektor nippte am Glas. Gin Tonic. „Ich frage nicht aus Neugier", fuhr Hasi fort, „doch der Bezirksrat deutet überall an, dass er einiges von Ihnen erfahren habe. Unter dem Mantel der Verschwiegenheit, versteht sich. Ich höre es also spätestens in einer halben Stunde."

Fuchs quittierte das mit einem Achselzucken. „Sie wissen doch alles, Hasi. Ist Ihnen eine schräge Männerrunde bekannt, die sich mit Harlekinmasken tarnt?"

„Klingt nach Casanova. Was treiben die Masken denn?"

„Ich weiß nur von ausgefallenen Sexspielen."

Der Kays-Net-Manager leerte sein Glas. „Ziemlich abgefahren. Noch etwas?"

„Sie tragen dabei rote Tuniken – jedenfalls zeitweise."

„Meine Güte. Leider muss ich passen. Der Bezirksrat hat sich als Ihr Fan geoutet. Er bietet Wetten an auf Ihren Erfolg."

„Sind Sie eingestiegen?"

Hasi zwinkerte amüsiert. „Wie könnte ich? Ich bin ja selbst ein Fan. Kay ist übrigens jetzt hier. Falls Sie ihn nach Ihren Sex-Clowns fragen wollen."

Sie verließen den Balkon, Hasi voran. Zumindest in ihm steckte kein Breuer. Das hätte eine Gehirntransplantation erfordert.

Kay hielt wieder Hof an seinem Stammplatz im roten Zimmer. Am Tisch saßen Doktor Brenner, der Bezirksrat, neben ihm eine junge Frau, die als Lilly vorgestellt wurde, und Kurt Wobert mit seinem erstarrten Gesicht. Das Gespräch kreiste um Wirtschaftspolitik, ein Thema, das den Chefinspektor kaum berührte. Kay diskutierte von der Kanzel seines Erfolgs herab, Doktor Brenner agierte als sarkastischer Pragmatiker und Wobert verschickte Bemerkungen wie kurze, spitze Pfeile, nicht gedacht als Argumente, sondern dazu, fremde Argumente zu töten. Der Bezirksrat beteiligte sich nicht. Er trank schnell und es gelang ihm kaum noch, seinen Blick von Lillys Dekolleté zu lösen. Immer wieder griff seine rechte Hand nach ihren schlanken Fingern, um sie zu küssen, während seine Linke unter die Tischplatte abgetaucht war. Lilly machte gute Miene zum bösen Spiel, doch dann schien die abgetauchte Hand eine Grenze zu überschreiten.

Sie zischte: „Jetzt ist's genug!", stand auf und verließ den Tisch.

Der Bezirksrat wollte ihr folgen. Mitten hinein in eine umfangreiche Ausführung sagte Kay: „Hast du sie nicht gehört, Weidlinger? Es ist genug."

Ohne die geringste Schwankung im Tonfall setzte er seine Abhandlung fort. Der Bezirksrat ließ sich zurückfallen und nahm einen tiefen Schluck. Hasi feixte.

In eine Pause hinein stellte Fuchs seine Frage nach einem Club von Clowns oder Harlekinen. Sie betrachteten ihn, als schätzten sie ab, wie ernst er es meinte. Wobert und Brenner schüttelten stumm die Köpfe, Kay sagte: „Nie davon gehört." Einzig der Bezirksrat lachte wie über einen Scherz. „Probieren Sie's im Prater, Chefinspektor. Dort werden Sie vielleicht fündig."

Über eine Hintertür hielt die Wirtschaftspolitik wieder Einzug. In stummem Einverständnis zogen sich Fuchs und Hasi in die Raucheretage zurück und lauschten eine Weile dem Vortrag der F, ehe der Chefinspektor sich auf den Weg zu seiner späten Verabredung machte.

15

Fünf Minuten vor eins stand er vor der angegebenen Adresse.
In der Klingelleiste fand sich eine Melitta Berger. Fuchs
drückte auf den Knopf der Gegensprechanlage. Sie schien
davor gewartet zu haben, denn ohne Verzögerung drang ein
„Ja?" aus dem Lautsprecher.
„Sie wollten mich treffen", sagte er.
„Danke, dass Sie gekommen sind. Dritter Stock."
Der Lift machte den Eindruck, als hätte man ihn vor hundert
Jahren gebraucht gekauft, eingebaut und dann vergessen. Die
Hausverwaltung hätte auch ein Hanfseil mit Schlinge in den
Schacht hängen können, so vertrauenerweckend wirkte er.
Fuchs wählte die Treppe. Die Serviererin von Kays Net
erwartete ihn halb im Flur, halb im Vorraum ihrer Wohnung.
Das Vorzimmer war für zwei Leute zu klein, die Tür zum
Wohnschlafraum stand vermutlich immer offen, um die Enge
ein wenig zu mildern. Sie trug flache weiße Stoffpantoffeln
mit dem Schriftzug eines bekannten Thermenhotels.
Außerdem einen weißen Bademantel, kurz genug, um ihre
gebräunten Beine zur Geltung zu bringen.
„Ich habe Chardonnay und Bier. Und Wasser." Sie sah ihn
fragend an.
„Bier ist mir recht. Sie sind Melitta Berger?"
„Ja."
Ein ausziehbares Sofa beanspruchte ein Drittel des Zimmers,
und wenn es erst ausgezogen war, blieb bestimmt nicht viel
Platz, um daran vorbeizukommen. Eine Wand war mit einem
Schrank verbaut, in einer offenen Nische stand ein
aufgeklapptes Notebook direkt neben dem kleinen Tisch. Auf
den stellte sie eine Bierdose, ein Bierglas, ein halb volles
Weinglas und die Chardonnayflasche. Der Tisch war damit
gut ausgelastet. Beide setzten sich auf filigrane
Stahlrohrsessel. Der Chefinspektor schenkte ein, sie stießen an
und tranken. Sie konnte nicht ruhig sitzen, wippte mit den

Füßen, schob das Glas von einer Hand in die andere. Er wartete.

„Es ist vielleicht lächerlich", sagte sie schließlich.

„Was?"

„Ich habe Angst."

Fuchs entsann sich der gespannten Szene, als es ums Abräumen des Leergeschirrs ging, und wagte einen Schuss ins Blaue. „Vor Hasi?"

Sie hörte mit der Wackelei auf und blickte ihn überrascht, beinahe alarmiert, an. „Woher wissen Sie das?"

Er fragte: „Warum haben Sie Angst vor ihm?"

Sie schwieg, fast als schmollte sie wegen seines Glückstreffers. Nach der Arbeit hatte sie bestimmt geduscht und sich in Erwartung seines Besuchs nur hastig Lidschatten und Lippenstift aufgetragen. Es ließ sie nicht weniger reizvoll aussehen.

„Hat er Sie belästigt?"

„Wie man es nimmt. Beim Bewerbungsgespräch fragte er, ob ich im Fall einer Einstellung mit ihm schlafen würde. Ich sagte, dass ich das nicht vorhätte und dachte, na, das war es dann wohl. Doch er setzte das Gespräch ohne irgendeine Reaktion mit einer anderen Frage fort. Drei Tage später erhielt ich den Anruf, dass ich sofort beginnen könne. Am gleichen Abend habe ich angefangen."

„Hatten Sie keine Bedenken?"

„Jede Menge. Aber in meinem vorherigen Job bekam ich nicht einmal halb so viel."

„Ist er Ihnen seither zu nahe getreten?"

„Im Gegenteil. Er verhält sich überkorrekt. Auf eine kalte, fast bedrohliche Art."

„Und deshalb haben Sie Angst?"

„Sie halten mich für eine Zicke", sagte sie vorwurfsvoll.

„Aber ich habe etwas Seltsames beobachtet." Sie betrachtete ihn auffordernd.

„Was denn?", fragte er.

„Vor ein paar Wochen streikte der Getränkeaufzug, also musste ich zu Fuß in den Keller, um Champagner zu holen. Ich war bis dahin nur mit dem Aufzug unten gewesen, der hält direkt neben dem Lagerraum. In der Halle erwischte ich die falsche Treppe, es gibt nämlich zwei. Ich folgte einfach drei Männern."

„Leuten vom Personal? Security?"

„Nein, die standen am Eingang, weil irgendjemand Ärger machte."

„Welche Sorte Ärger?"

„Ich glaube, ein Gast, der von der Liste gestrichen war, wollte das nicht wahrhaben. Um mich kümmerte sich niemand. Es geht da übrigens drei Geschosse in die Tiefe. Die Männer hatten nicht viel Vorsprung, ich hörte ihre Schritte, dann waren sie plötzlich weg."

„Die Geräusche?"

„Die Geräusche, die Schritte und die Männer. Alles."

„Sie werden hinter irgendeiner Tür verschwunden sein."

„Ich habe nur Zugänge zu Heizraum, Tank und Technik gesehen."

„Dann waren es wohl Serviceleute."

Melitta Berger zog skeptisch die Augenbrauen hoch. „In Abendkleidung?"

„Vielleicht gibt es eine Toilette oder einen Verbindungsgang, den Sie nicht kennen."

„Vielleicht. Jedenfalls bin ich überall herumgelaufen, bis ich kapiert habe, dass ich mich verirrt hatte. Also bin ich zurück in die Halle, habe die andere Stiege gefunden und den Champagner geholt. Die Securitytypen waren zum Glück noch beschäftigt. Mit denen hat keine von uns gerne zu tun."

Sie trank ihr Glas aus und schenkte nach. Die Unbekümmertheit, mit der sie ihre Beine übereinanderschlug – ungeachtet des lose gebundenen kurzen Bademantels – versetzte Fuchs einen doppelten Stich. Zum einen stach ihn der Verdacht, für die junge Frau nicht mehr zu einer Männerkategorie zu zählen, die auf solche Reize anspricht.

Zum anderen die Gewissheit, sich trotz seiner Beziehung zu Samantha unvermindert davon angesprochen zu fühlen. Er konzentrierte sich auf ihre Augen.

„Hatten Sie die Männer zuvor schon einmal gesehen?"

„Ich glaube nicht. Wenn man ein paar Jahre hinter der Theke arbeitet, verschwimmen die Gesichter." Sie zögerte.

„Aber man bekommt auch ein Gefühl dafür, dass etwas nicht passt. Bei diesen Typen traf das zu. Vielleicht die Anzüge."

„Waren sie auffällig?"

„Nicht die Anzüge selbst. Wie sie sich darin bewegten. Als ob sie damit nicht vertraut seien. Manche Männer tragen sieben Tage die Woche einen Zweireiher. Stecken Sie die in Jeans und sie fühlen sich nackt. Bei denen war es genau umgekehrt."

Den Chefinspektor überlief ein leichter Schauer beim Gedanken an seinen Nadelstreif, den er so selten trug wie nur möglich. „Das kommt mir nicht so ungewöhnlich vor", murmelte er.

„In Herrn Kays Haus schon."

„Haben Sie jemanden von Ihrer Beobachtung berichtet?"

Wieder schlug sie die Beine übereinander. Sie hatte blauviolette Augen.

„Wem denn?"

„Einer Kollegin, einem Freund …"

„Nein."

„Warum vertrauen Sie sich dann mir an, einem Wildfremden?"

Sie schien sich die Frage selbst zu stellen. „Ich habe gehört, dass Sie Polizist sind. Keiner aus Wien, das ist ein Plus. Ein Wildfremder, der auf Anhieb sympathisch wirkt."

„Nett, dass Sie das sagen", bemerkte Fuchs skeptisch. „Aber was sollte ich unternehmen, noch dazu außerhalb meines Reviers? Ihre Geschichte kann irgendwas bedeuten, wahrscheinlich ist sie belanglos. Wenn ich sie bei Kay zur Sprache bringe, käme schnell heraus, von wem sie stammt. Hasi ist nicht auf den Kopf gefallen."

„Das dürfen Sie nicht tun", sagte sie schnell. „Trinken Sie noch ein Bier?"

Ehe er ablehnen konnte, sprang sie schon auf und eilte in die winzige Küche. Fuchs betrachtete das Notebook und fühlte sich beobachtet. Eine rote LED am unteren Rand blinkte in regelmäßigen Abständen.

Sie nimmt das auf, durchfuhr es ihn. Ohne zu überlegen, klappte er den Deckel herunter. Melitta kam zurück und beugte sich weit nach vorne, um ihm einzuschenken. Sie achtete nicht auf den Laptop. Sein Blick suchte ihre Augen und fand stattdessen die sanft schaukelnden Brüste im halb offenen Mantel. Er zweifelte nicht mehr daran, dass sie ihn verführen wollte, aber weshalb? Gehörte sie zu den Frauen, die einer Gelegenheit nicht widerstehen können, so wie es nur wenige Männer fertigbringen? Oder wollte sie ihn erpressen? Auch das Sofa befand sich im Blickfeld des Notebooks. Und wieder: weshalb? Nur so zum Spaß einen Bullen erpressen ist im Allgemeinen keine gute Idee. Vielleicht hatte sie jemand dazu angestiftet, um ihn in Schwierigkeiten zu bringen. Andererseits waren sie beide erwachsen. Er dachte an das undurchschaubare Machtgeflecht im Präsidium. Oberst Nemeth könnte mit einem Sexvideo des ungeliebten Klagenfurter Kollegen vermutlich einiges anstellen. Fuchs nippte am Glas und erhob sich.

„Es ist spät, Frau Berger. Ich muss gehen."

Für einen Moment starrte sie ihn fassungslos an. Dann fing sie sich und gurrte: „Chefinspektor."

„Bitte?"

„Sie können gerne bleiben, wenn Sie wollen." Sie lächelte ihn an. „Ein bisschen attraktiv bin ich für Sie doch? Oder sollte ich mich getäuscht haben?"

„Ich bin verheiratet", log Fuchs.

Sie strich den Bademantel von den Schultern. Er glitt leicht zu Boden. Mit ihm glitt auch das Lächeln aus ihrem Gesicht, ihre Stimme klang frostig. „Dann nehmen Sie wenigstens eine Erinnerung mit, Chefinspektor."

Das ließ sich nicht vermeiden. Aber anderes. Er verließ die
Wohnung.

Melitta stand sekundenlang wie erstarrt. Dann hob sie den
Bademantel auf, legte ihn um die Schultern, setzte sich auf die
Kante ihrer Bettcouch und überlegte. Sie kam damit nicht
weit, denn es klopfte leise an die Tür. Ihre Mundwinkel
verzogen sich zu einem triumphierenden Lächeln.

16

Der Chefinspektor hatte unterdessen die Marxergasse hinter sich gelassen. Er benützte die Brücke über den Wienfluss, der in diesen Tagen nur ein armseliges Rinnsal in einem viel zu breiten Betonbett abgab. Fuchs querte den Stubenring, passierte das Kabarett Simpl und folgte der Wollzeile, streifte den innersten Kern der Stadt und ließ ihn, den Weg über Freyung und Schottengasse wählend, links liegen.

Drei Tage hielt er sich nun in Wien auf und genoss die nächtlichen Spaziergänge wie während seiner Studienzeit. Die Stadt wandelte sich zur gemauerten Erinnerung. Menschen machten Geschichte und der Stein speicherte sie. In den warmen Sommernächten öffnete er seine Poren und man atmete die Vergangenheit – wenn man in der Stimmung dazu war.

Im Regina ließ er sich den Schlüssel geben, ging durchs schlafende Hotel in sein Zimmer und schlief fünf Minuten später ebenfalls.

Als er am nächsten Morgen beim Frühstück saß, traten zwei Männer an seinen Tisch. Sie trugen diesen nichtssagenden Ausdruck im Gesicht, den er so gut vom Blick in den eigenen Spiegel kannte.

„Chefinspektor Fuchs?", fragte einer. Er nickte. „Ich bin Chefinspektor Klug. Das ist Inspektor Dreier. Bitte kommen Sie mit."

„Verhaften Sie mich?"

„Wir müssen Sie befragen."

Fuchs deutete auf seinen vollen Teller. „Kann ich noch was essen?"

Klug blickte auf seine Uhr. „Wir warten hier."

Die Wiener Kollegen setzten sich an einen freien Nebentisch und erhielten auf einen Wink zwei Tassen Kaffee.

Fuchs' häufig überschießendes Temperament verfügte über einen Sicherheitsmechanismus, der ihn in brenzligen

Situationen vor Schaden bewahrte. Und seine Lage musste brenzlig sein. Nicht einmal ein Oberst Nemeth würde es wagen, einen Chefinspektor auf diese Weise zu einer Befragung zu holen, wenn nicht handfeste Gründe dafür vorlagen. Daher unterdrückte er den aufsteigenden Zorn über diese Form eines Morgenbesuchs unter Kollegen. Ruhig verzehrte er sein Frühstück, nicht zu schnell und nicht zu langsam, trat dann zu den Beamten und sagte: „Ich bin so weit."

„Fein", erwiderte Klug. Auf der Straße fragte er: „Tragen Sie eine Waffe?"

Fuchs gab sie ihm kommentarlos.

Sie legten die paar Schritte zum Präsidium zu Fuß zurück und nahmen in einem der Verhörräume Platz. Anstelle einer Erklärung zeigten sie ihm ein Foto. Melitta Berger lag bäuchlings auf ihrer Couch, die Hände mit dem Gürtel des Bademantels am Rücken zusammengebunden. Der Bademantel war bis über die Hüften hochgerutscht. Ihr Gesicht war angeschwollen und dunkel verfärbt, die Zunge quoll aus dem Mund wie ein dicker Pfropfen. Um ihren Hals schlang sich ein Elektrokabel. Die dazugehörige Stehlampe lag neben der Couch.

Die Wiener ließen sich nicht anmerken, was sie von der Sache hielten.

„Kennen Sie sie?"

Für einen Moment überkam Fuchs die Versuchung, die Frage zu verneinen. Er hatte die lebendige, hübsche, vielleicht ein wenig leichtfertige, vielleicht ein wenig ängstliche Melitta gekannt, nicht dieses gequälte, tote Wesen auf dem Foto. Aber das zu sagen, wäre kindisch gewesen.

„Melitta Berger, Serviererin am Büfett in Kays Net."

„Waren Sie gestern bei ihr?"

Er machte es gut, der Klug. So nebensächlich hingeworfen die Frage, als ob er es nicht längst genau wüsste. Woher? Ein Augenzeuge? Dem Chefinspektor war beim Verlassen des schlafenden Hauses niemand aufgefallen – und wer kannte ihn schon in Wien? Dann fiel ihm das Notebook ein. Sein schwarzes neugieriges Auge über dem Display, das er aus einem Impuls heraus weggeklappt hatte.

„Sie hatte mir einen Zettel zugesteckt. Sie wollte mit mir reden."

„Einen Zettel. Warum so heimlich?"

„Sie wollte über Kays Net reden."

„Besitzen Sie ihn noch?", blaffte der andere Bulle.

Fuchs' Hand glitt automatisch in die Tasche seines Sakkos, als er sich besann. „Ich habe die Jacke gewechselt."

„Die von gestern hängt in Ihrem Zimmer?"

„Ja."

„Und der Zettel befindet sich in einer der Taschen?"

Mit einem Mal wurde dem Chefinspektor klar, dass er sich möglicherweise nicht mehr dort befand. Wer ihm problemlos Wanzen unterjubelte, könnte sich auch längst um das Stückchen Papier gekümmert haben.

„Vielleicht habe ich ihn weggeworfen", erwiderte er leichthin.

„Ich maß ihm keine Bedeutung zu."

„Wir überprüfen das", sagte Klug. „Einwände?"

„Prüfen Sie nur."

Dreier erteilte per Handy eine Anweisung.

„Was hat Ihnen Melitta Berger denn erzählt?", wollte Klug wissen.

Fuchs gab sein Gespräch mit der jungen Frau fast wortgetreu wieder.

„Und deshalb musste sie mitten in der Nacht mit Ihnen sprechen? Da steckt doch nichts dahinter."

„Das fand ich auch."

Wieder mischte sich Inspektor Dreier ein.

„War sie schon so spärlich bekleidet, als Sie kamen?"

„Sie trug den Bademantel."

In Dreiers Stimme mischte sich unverkennbarer Hohn. „Sie war doch heiß, gerade recht für eine scharfe Nummer. Wäre ganz normal, wenn Sie schwülstige Gedanken bekommen hätten."

Die stark vergrößerte Fotografie der erdrosselten halb nackten Frau lag immer noch zwischen ihnen. Das Zusammenwirken verstörender Bilder mit zynischer Sprache konnte tatsächlich explosive Emotionen auslösen. Bei jeder Person auf der falschen Seite des Tisches. Fuchs saß erstmals auf der falschen Seite. Obgleich er das Spiel bis ins Detail kannte, war er überrascht, wie gut es funktionierte. Er rettete sich auf die Ebene des neutralen Beobachters und bewahrte seine Ruhe.

„Keine schwülstigen Gedanken, Inspektor."

„Aber vielleicht hatte sie etwas in der Richtung mit Ihnen im Sinn gehabt", bemerkte Klug.

Das traf zu, aber er musste es nicht bestätigen, weil das Notebook zu diesem Zeitpunkt schon zugeklappt war. Er begnügte sich mit einem Achselzucken.

„Oder sie wollte doch nicht und das Ganze lief aus dem Ruder", warf sich Dreier wieder in die Bresche. „Manchmal klappt es ja auch nicht. Sie haben sie endlich, wie Sie sie haben wollten, kriegen keinen hoch und drehen durch. Alles schon passiert."

Fuchs verzog das Gesicht zu einem matten Lächeln und schwieg.

„Hören Sie auf, Inspektor", sagte Klug plötzlich. „Das ist selbst ein Bulle. Und ein ziemlich Guter, was man so hört."

Eine Weile betrachtete er Fuchs mit seinen braunen Augen, die in Jahren der Polizeiarbeit gelernt hatten, jeden Ausdruck zu verbergen. Oder denen er einfach im Dienst verloren gegangen war, als eines von vielen Opfern der Pflicht.

Fuchs stellte erstmals selbst eine Frage. „Wann haben Sie sie entdeckt?"

Wieder der ausdruckslose Blick. „Wann verließen Sie die Wohnung?"

„Wenige Minuten nach halb zwei."

„Der Anruf kam fünf vor zwei. Ziemlich knapp."

„Aber ausreichend", entgegnete der Chefinspektor bissig.

„Was hat der Anrufer gesagt?"

„Dass an dieser Adresse, in dieser Wohnung, etwas sehr Schlimmes passiert sei. Warum tippen Sie auf einen Mann?" Fuchs deutete auf das Foto. „Das sieht nicht nach der Arbeit einer Frau aus."

Klug nickte bedächtig. „Warum haben Sie das Notebook zugeklappt?"

„Ich fühlte mich beobachtet."

Dreier meldete sich wieder: „Man könnte es so auslegen, dass Sie einen stummen Zeugen für Ihr Vorhaben ausschalten wollten."

„Wer legt es denn so aus?", erkundigte sich Fuchs. Für einen kurzen Moment, zu kurz, um sich seiner Realität sicher zu sein, erstarrten die Wiener Polizisten.

„Ist eine naheliegende Schlussfolgerung", bemerkte Klug. „Wo hielten Sie sich fünf vor zwei auf?"

„Ich werde gerade am Simpl vorbeigegangen sein."

„Hat Sie jemand gesehen?"

„Keine Ahnung. Es herrschte nicht viel Betrieb."

„Mieses Alibi", brummte Dreier.

„Als ich sie verließ, lebte sie. Man wird keine Spuren von mir an ihr oder dem Tatwerkzeug finden."

„Die hätten Sie natürlich beseitigt", stellte Klug fest.

Der Kärntner Chefinspektor machte eine wegwerfende Handbewegung. „Sie wissen selbst, dass das heute nicht mehr so einfach ist."

„Warum mag sie das Gespräch aufgenommen haben?"

„Das ist mir auch ein Rätsel."

Jemand klopfte, ein Beamter steckte seinen Kopf zur Tür herein und schüttelte ihn stumm.

„Kein Zettel", sagte Klug.

„Wahrscheinlich gab es nie einen", setzte Dreier erneut nach. „Sie sind hinter ihr hergegangen und erzählten irgendeine Geschichte, um eingelassen zu werden. Wie klingt das?"

„Unmöglich", erwiderte Fuchs knapp. „Ich habe Kays Net eineinhalb Stunden nach ihr verlassen."

Klug musterte ihn mit ähnlich viel Mitgefühl wie ein Gebrauchtwagenhändler seine Kunden. „Trotzdem sitzen Sie in der Tinte, das ist Ihnen klar."

Richtig in der Tinte säße er, wenn er auf Melittas Angebot eingegangen wäre, dachte Fuchs. Und viel hatte nicht gefehlt. Er sagte: „Ich will nicht den Klugscheißer geben, aber Sie müssen mir die Tat nachweisen. Dass ich mich in der Wohnung aufhielt, bestreite ich ja nicht."

Klug nickte nur. „Wir sperren Sie nicht ein. Aber wir bringen Sie in Ihr Büro und stellen einen Posten vor die Tür."

So geschah es.

Nach zwei Stunden kehrten Klug und Dreier zurück. Während Dreier stehen blieb, setzte Klug sich halb auf den Tisch und hielt ein Blatt hoch. „Wir haben die Aussage eines Nachbarn, die Ihre Version indirekt bestätigt. Das ist die wörtliche Wiedergabe." Er begann langsam vorzulesen: „Die Tür von der Tussi klemmt. Ich habe ihr schon hundertmal gesagt, sie soll das richten lassen, aber ihr ist mein leichter Schlaf egal und dass ich früh raus muss. Also, der erste Idiot ging kurz nach halb zwei und machte den üblichen Lärm. Ich dachte, Gott sei Dank, das war's für diese Nacht. Nur kam ein paar Minuten später der Nächste, gerade als ich wieder beim Einschlafen war. Der blieb bloß kurz, bevor er mich wieder mit der verdammten Tür weckte. Das war es dann wirklich."

Dreier grinste und ergänzte: „Wir fragten natürlich, ob es beim zweiten Mal nicht wieder der Idiot von vorhin gewesen sein könnte, der etwas vergessen hatte – zum Beispiel, das Mädel umzubringen."

Klug las weiter aus der Aussage vor: „Bestimmt nicht. Der erste Trottel trug nämlich auch noch Schuhe mit harten Absätzen und hackte sie bei jedem Schritt in den Boden. Der andere verwendete wenigstens leise Sohlen. Seinen Gang kenne ich schon von früher."

„Na gut", sagte Fuchs. „Sie haben mir den Idioten und den Trottel gründlich reingerieben, das macht eine Menge Spaß. Bin ich wieder frei?"

„Gehen Sie oder bleiben Sie", betonte Klug mit harmloser Miene. „Wir haben Sie nie verhaftet."

„Das wird den Oberst Nemeth aber freuen. Wer hat den Zeugen denn aufgetan? Wohl nicht einer von Ihnen?"

Die Gesichter der Wiener Bullen wurden auf beredte Weise leer.

„Ich habe keine Ahnung, worauf Sie anspielen", bemerkte Klug. Damit hob er die Hinterbacke vom Schreibtisch und ging, Dreier im Schlepptau.

„Meine Waffe!", rief Fuchs ihnen nach. Klug kehrte zurück und legte sie auf den Tisch. „War das Notebook online, als sie mich aufnahm?"

„Das wird überprüft."

Die Tür fiel ins Schloss. Es war halb drei und Fuchs' Beherrschung hatte vom Frühstück bis jetzt angehalten, nun wich sie der Wut, die sich in ihm angesammelt hatte. Über Melittas Ermordung, über den Versuch, ihn damit zu belasten, über die Wiener Bullen und über sich selbst. War er nicht tatsächlich auf irgendeine Weise in ihren Tod verwickelt und begriff nur nicht, wie? Was, wenn er ihre Einladung angenommen hätte? Säße er nun gut verwahrt in einer Zelle unter Mordverdacht? Wäre dies eine süße Rache gewesen für einen Typen wie Breuer? Der Entlastungszeuge hatte ausgesagt, den Gang des „zweiten Idioten" kenne er von früher. Wer hatte sie regelmäßig besucht? Und warum hatte er sie gerade in dieser Nacht ermordet? Hatte er den Chefinspektor beim Verlassen der Wohnung beobachtet, falsche Schlüsse gezogen und sie in einem Anfall von Eifersucht getötet?

Mit einer Miene, so düster wie seine Stimmung, verließ Fuchs das Präsidium. Sein Magen knurrte. Die Kollegen hatten ihm nicht einmal eine Wurstsemmel angeboten! Er lief durch den achten Bezirk, bis er ein Gasthaus fand, das um diese Tageszeit warme Küche versprach. Aus drei Möglichkeiten wählte er Saftgulasch mit Frankfurter. Das Gebäck war alt, doch er beschwerte sich nicht. Er war zu übel gelaunt für eine

Beschwerde. Er hätte sich damit auch noch lächerlich
gemacht.

Das Essen und zwei Gläser Bier beruhigten ihn ein wenig.
Dazu kam eine SMS von Sam:

„Okay, reden wir wieder. Ruf an, wenn du Lust hast."

Er wollte nicht sofort mit ihr sprechen, sondern später, im
Hotel. Auf dem Weg dorthin zog er eine weite Schleife bis
über den Gürtel hinaus, um seinen Kopf frei zu bekommen.
Im Sitzgarten neben dem Rooseveltplatz las er die
Abendausgaben mehrerer Zeitungen, begleitet von drei großen
Braunen und einigen Zigaretten. Der Bericht über den Mord
an der jungen Serviererin umfasste nur wenige Zeilen. Mit der
Anmerkung eines Hausbewohners, dass sie öfter nächtlichen
Besuch erhalten habe, wurde er auch schon in das dazu
passende Schema eingeordnet.

Der abendliche Berufsverkehr ließ nach, es war Zeit, aufs
Zimmer zu gehen.

17

Das Geschenkpaket lag nur scheinbar so im Schrank, wie er es zurückgelassen hatte. Fuchs verglich es mit dem Foto auf seinem Smartphone. Die Schnüffler hatten sich Mühe gegeben, doch selbst die wenigen Millimeter seitwärts hatte das Päckchen gewiss nicht von allein zurückgelegt. Die Maserung des hölzernen Fachbodens zeigte die ursprüngliche Position so exakt wie ein feiner Raster. Aber das komplizierte Schmuckgefüge aus Rüschen, Schleifen und in alle Richtungen ragenden Folienfädchen sah aus wie zuvor. Das hätte auch der begabteste Spion nicht wieder hinbekommen. Fuchs durchsuchte den Raum ebenso leise wie gründlich. Die Wanzen befanden sich noch an ihren ursprünglichen Verstecken, weitere entdeckte er nicht. Die Leute, die ihn abhörten, vertrauten ihren elektronischen Spionen also noch. Er fühlte sich wie in einem Agentenfilm. Nur wussten Agenten meistens, wer ihre Gegner waren.

Samantha meldete sich beim zweiten Klingelton. Er fasste seinen Tag in drei Sätzen zusammen.

„Sie haben dich festgenommen?", wiederholte sie entgeistert.

„Ja." Fuchs vernahm seltsame Geräusche. „Du wirst an unterdrücktem Kichern ersticken."

„Was ist? Ich kichere doch nicht!", kicherte seine Freundin nun völlig haltlos.

„Falls es dich interessiert, ich bin wieder frei."

„Ha!", rief sie. „Wieder frei. Das ist gut!" Dann schien sie vor Lachen fast zu platzen und das wirkte so ansteckend, dass auch die Restwut des Chefinspektors sich in ein Lächeln über die Komik seiner Situation verwandelte – ein immer breiteres Lächeln, als er sich vorstellte, wie Oberst Prettner, sein Chef in Klagenfurt, auf die Nachricht reagieren würde.

Langsam verebbte die Heiterkeit am anderen Ende der Leitung.

„Ruf bitte für mich Maria an", sagte Fuchs. „Ich habe es ihr versprochen, aber heute schaffe ich das nicht mehr. Ich lege mich nieder."

Schlagartig überfiel Samantha das schlechte Gewissen. „Geht es dir nicht gut?"

„Doch", erwiderte er. „Man hat mir nur einen Mord vorgeworfen."

„Ist nicht wahr", sagte sie zögernd.

„Ist wahr. Hat sich aber erledigt. Rufst du sie an?"

„Ja, klar. Es tut mir leid."

„Braucht es nicht", versicherte er. „Mach's gut."

„Du auch."

Er holte das neu gekaufte Outfit aus dem Päckchen, duschte, putzte sich die Zähne und schlüpfte in Jeans, Leibchen und Sakko statt in den Pyjama. Dann ließ er sich auf die Matratze fallen und löschte das Licht. Eine Weile wälzte er sich unruhig hin und her, um endlich still zu liegen. Er wartete eine halbe Stunde, ehe er aus dem Bett glitt und lautlos die Zimmertür hinter sich schloss. Schlafgeräusche konnte er nicht zurücklassen, doch welcher Spitzel würde sich die Arbeit antun, stundenlang die Nachtruhe eines erschöpften Bullen zu überwachen?

Der Chefinspektor verließ das Regina durch einen Seitenausgang und fand Penta vor dem Pfarramt Votivkirche. Der Detektiv stieg aus dem gemieteten Mercedes.

„Wann soll ich wieder hier sein?", fragte er.

„Drei bis dreieinhalb Stunden sollten mir reichen."

Fuchs steuerte den Wagen in Richtung Südautobahn. Der Verkehr hielt sich in Grenzen. Hinter Mödling stellte er den Tempomat auf einhundertvierzig.

Er hatte sich gegen die Raststation Schottwien als Treffpunkt entschieden. Sie schloss viel zu früh und zwei späte, einsame Gäste zogen unweigerlich die Aufmerksamkeit des Personals auf sich. Bei der Abfahrt Maria Schutz wechselte er deshalb auf die Bundesstraße, gab zwischen den Kehren Gas wie ein junger Wilder und parkte kurz darauf vor dem gewaltigen Komplex des Panhans.

Chefinspektor Lacher wartete bereits in der Bar. Hier herrschte reger Betrieb und die beiden leger gekleideten Männer mittleren Alters fielen niemandem auf. Dann sah Fuchs eine Gruppe junger Touristinnen, blond und abenteuerlustig – und er sah die leuchtenden Augen seines Kollegen, der gewiss binnen Sekunden vom Bullen- in den Skilehrermodus gewechselt war. Die Bar war also doch kein idealer Ort, aber diese Einsicht kam zu spät. Fuchs setzte die Miene eines grimmigen Vertriebsleiters auf und lotste Lacher möglichst weit weg von den jungen Frauen.

„Was hast du für mich?"

„Guten Abend", entgegnete sein Kollege indigniert, um gleich in breites Grinsen zu verfallen. „Für einen Freigänger bist du ziemlich ruppig. Als wir am Nachmittag davon erfuhren, hat das LKA gesummt wie ein Bienenstock."

„Kann ich mir vorstellen", bemerkte Fuchs. „Aber ich habe nicht viel Zeit. Also?"

„Nun, unter anderem habe ich die halbe Polizeidirektion Wien überprüft. Wenn das rauskommt, kriegen wir mächtige Probleme."

Ein Barkeeper servierte Fuchs ein kleines Bier. Der nippte daran.

„Und?"

Lacher nahm einen großen Schluck aus seinem dickwandigen Glas.

„Kurzfassung: Krainer taucht in allen politisch brisanten Fällen der vergangenen drei Jahrzehnte auf. Etliche Belobigungen und Auszeichnungen. Wird heute als Analyst geführt. Keine Ahnung, was er analysiert. Ist längst pensionsreif.

Nemeth: sehr dünne Akte, eine wichtige Funktion, aber nichts Positives. Vage Andeutung über Probleme in der Personalführung. Ich tippe auf sexuelle Belästigung und

Freunde, die mächtig genug waren, um den Klartext zu löschen.

Prohaska: nichts Auffälliges.

Starhovsky: sauber.

Penta: dauerhafter Führerscheinentzug wegen Trunkenheit am Steuer.

Hans Siebert …"

„Hasi", verbesserte Fuchs automatisch.

„Zwei Verurteilungen wegen Körperverletzung, einmal Drogen.

Velik: sauber. Seine Frau hat eine Pizzabotin mit der Heckenschere bedroht, weil sie glaubte, sie sei die Geliebte ihres Mannes. Sie stimmte einer Therapie zu, mit der Botin kam es zu einem Vergleich."

„Mit einer Heckenschere?"

„Ja. Doktor Brenner: sauber. Aber jetzt kommt's. Sein Freund Wobert wurde vor zwölf Jahren wegen schwerer Körperverletzung mit Todesfolge verurteilt."

„Wie kam es dazu?"

„Eine Auseinandersetzung um eine Frau. Er wurde von seinem Konkurrenten auf der Straße angerempelt und schlug ihn nieder. Der andere stürzte mit dem Hinterkopf auf die Gehsteigkante, das war es."

„Keine Notwehr?"

„Notwehrüberschreitung. Der Schlag war so hart, dass er beim Angreifer zu einem doppelten Kieferbruch führte."

„Er lernte Brenner in der Klinik kennen. Welche Ostgeschäfte waren es, die ihn dort hinbrachten?"

„Import/Export. Lauter harmlose Waren", erwiderte Lacher.

„Offiziell gilt er als Opfer der Russenmafia. Das legt die Vermutung nahe, dass doch nicht alle seine Deals so harmlos waren. Ein Spitzel sprach von Waffen, vielleicht auch Zwangsprostitution, die üblichen Verdächtigen, wenn von den Russen die Rede ist. Es gibt aber keinen Beweis, der Wobert belasten würde."

„Was hast du über Kay herausgebracht?"

„Starhovskys Geschichte stimmt. Der Mann ist in Wien pleite gegangen, hat im Ausland ein Vermögen gemacht und gibt es nun in der alten Heimat wieder aus. Wohl so eine Art Kompensation. Die Gastronomie bildete nur die Basis. Mit dem Geld hat er in den USA Start-ups finanziert. Eines davon war sein großes Los. Kaum Infos über das Privatleben. Ledig. Er hat seine Wohnsitze laufend gewechselt."

Sie bestellten neue Getränke. Lacher lächelte in Richtung der Touristinnen, bis er Fuchs' Absatz auf seinem Fuß fühlte. „Hör auf, verdammt, du wiegst zu viel! Bist du bei Breuer weitergekommen?"

Fuchs zog den Absatz zurück.

„Die DVD mit seinem Abdruck zeigt eine junge Schauspielerin beim Gruppensex mit fünf Männern, die rote Tuniken und weiße Karnevalsmasken tragen. Die Masken nehmen sie nicht ab. Die Schauspielerin wirkt nicht so, als ob sie viel Spaß an der Sache hätte. Als sie in den Tod raste, hatte sie ein bisschen Likör und eine Designerdroge intus. Von der Droge wusste sie möglicherweise nichts, sie war eine Beigabe im Likör. Getrunken hat sie den im Haus von Velik, der wahrscheinlich der Vater ihres Kinds ist und auf den sie am Abend ihres Todes eine Kugel abfeuerte. Er ist vor zwei Tagen verschwunden."

„Was hat Breuer damit zu tun?"

„Keine Ahnung. Ich weiß nur, dass man mich abhört und vielleicht auch überwacht."

Lacher, der selten dazu neigte, sich das Leben schwer zu machen, blickte ihn beunruhigt an. „Breuer?"

Fuchs zuckte die Achseln. „Es macht alles keinen Sinn. Es sei denn …" Er verstummte.

„Was?", insistierte Lacher. „Spuck es aus."

„Es sei denn, er spielt mit uns."

„Wie?"

„Er hat doch einen Hang zu ausgeklügelten Schachzügen. Je komplizierter, desto besser. Hauptsache, man kann den

Gegner richtig vorführen. Zum Beispiel mit meiner Festnahme."

„Das ist reine Intuition, oder?" Fuchs nickte.

Eine hübsche Blondine löste sich aus der Gruppe am anderen Ende der Bar. Sie trug ein cremefarbenes Kleid mit einem seitlichen Schlitz, der fast bis an die Hüfte reichte, einem Wasserfallkragen und weiten Armausschnitten. Auf High Heels schwebte sie daher mit der Sicherheit eines Models oder eines schwindelfreien Naturtalents. Ohne Umschweife wandte sie sich an Lacher: „Möchtest du tanzen?"

Sie sprach mit diesem nordischen Akzent, den manche Männer umwerfend finden, auch Fuchs' Kollege; er strahlte.

„Nur einen", sagte er mit diesem Strahlen zum Chefinspektor. Lacher hielt sich an sein Limit und brachte die Frau nach „Angels" von Robbie Williams zurück zu ihren Freundinnen. Mit entrücktem Blick lehnte er sich dann neben Fuchs an die Theke und bestellte einen weiteren Drink.

„Willst du heute noch nach Klagenfurt?"

„Nein, zu spät. Ich werde schon ein Quartier finden."

Die hübsche Blondine warf im Zehn-Sekunden-Takt feurige Blicke herüber.

„Bestimmt", meinte Fuchs. „Ich muss los. Grüß Maja von mir."

Für einen Moment erstarrte Lacher bei der Erwähnung seiner Frau – bis er den nächsten Feuerblick auffing. „Gerne. Mach's gut."

Das Gleiche hatte der Chefinspektor vor Kurzem Samantha empfohlen. Er zahlte, sie gaben sich die Hand. Bevor er den Raum verließ, blickte er sich nochmals um. Die Blondine hatte schon seinen Platz an der Theke eingenommen und Lachers Rechte den Platz auf ihrer Hüfte.

Er hielt den Zeitplan genau ein. Penta übernahm den Mercedes. Fuchs fragte nicht, wie er den Wagen ohne Führerschein gemietet hatte. Lautlos schlüpfte er in sein Zimmer im Regina, legte sich ins Bett und schlief sofort ein.

Am darauffolgenden Morgen entdeckte er eine SMS von Sam: „Maria sauer. Hat deinetwegen einen Stammtisch abgesagt. Verhaftung tröstet sie kaum."

18

Fuchs saß beim Frühstück an einem Einzeltisch, als sein
Smartphone sich meldete. Inspektor Prohaskas Stimme klang
rau.
„Wir haben Velik gefunden, Chefinspektor. Sie sollten sich
das ansehen. Falls Sie im Hotel sind, ist es nur zehn Minuten
entfernt."
„Tot?"
„Ja."
Er nahm eine Marmeladesemmel mit auf den Weg und traf
wirklich nur einige Minuten später vor einem alten Gebäude
nahe dem Graben ein, vor dem mehrere Einsatzfahrzeuge
parkten.
„Weitergehen!", rief ihm ein gelangweilter Uniformierter zu,
stand aber schlagartig stramm, als er Fuchs' Dienstausweis
sah. „Geradeaus, dann rechts ins dritte Kellergeschoss."
Auf der Stiege begegnete ihm Prohaska, der ihn zum Tatort
führte. Er reichte dem Chefinspektor Wegwerfhandschuhe
und Schuhüberzieher, ehe sie eintraten. Mehrere Beamte
tummelten sich in dem Raum, Fuchs erkannte Chefinspektor
Klug, der ihm zunickte. Ein Mann hing an einem dünnen, fast
durchsichtigen Seil. Fuchs, der aus dem Tageslicht kam, sah
es zunächst gar nicht und glaubte fast an eine optische
Täuschung. Die Füße des Mannes baumelten nur wenige
Zentimeter über dem Boden, sein Gesicht war dunkel und
aufgequollen, die Hände am Rücken gefesselt.
„Laut Ausweis ist es Velik", sagte Prohaska. „Er trug eine
schwarze Kapuze über dem Kopf, als wir ihn fanden."
„Das Haus sieht ziemlich unbewohnt aus."
„Richtig. Er hätte Wochen hier hängen können. Wir erhielten
einen anonymen Hinweis. Sehen Sie sich die Konstruktion
an."
Der Tote hing unter einem Balkenende eines T-förmigen
Holzgalgens. Das Seil lief über eine Rolle zu einer zweiten
Rolle am anderen Ende des Balkens, von dort auf den Boden,

wo es von einer Waagschale unten gehalten wurde. Die
Schale trug eine einfache Halterung, in der fünf
Eisengewichte steckten. Prohaska bückte sich und hob eines
leicht an. Sofort hob sich die Schale.

„Fünf Fünfzehnkilogewichte waren nötig, um ihn anzuheben.
Warum so umständlich? Es gibt einfachere Methoden, einen
Mann aufzuknüpfen", meinte Prohaska.

Fuchs umrundete die makabre Galgenwaage, ehe er
antwortete. „Man wollte ihn nicht einfach aufknüpfen, man
wollte ihn hinrichten. Fünf Richter, fünf Henker. Jeder hat mit
seinem Gewicht einen gleichen Teil beigetragen. Jeder
Einzelne musste mitspielen, damit das Opfer baumelte."

„Auch ein Zug von sechzig Kilo hätte ihn erdrosselt."

„Ja. Aber erst das letzte Gewicht machte ihn zum Gehängten."

„Dann suchen wir fünf Mörder, nicht nur einen", bemerkte
Prohaska.

„So sieht es aus."

„Hat es mit den Harlekinen zu tun?"

„Das werden wir bald erfahren."

Klug trat heran und gab Fuchs die Hand.

„Wieder eine erdrosselte Leiche", sagte er. „Aufwendig
gemacht."

Sie überließen den Tatort der Spurensicherung und kehrten zu
dritt ans Tageslicht zurück. Fuchs zündete sich eine Zigarette
an und deutete auf die blinden Fenster des Hauses.

„Wohnt hier überhaupt niemand?"

„Nein", erwiderte Klug.

„Das ist beste Innenstadtlage, wie kann das sein?"

„Das Gebäude gehört einer Bank. Die hat es mieterfrei
gemacht und wartet jetzt auf den meistbietenden Investor – da
darf es ruhig eine Zeit lang leer stehen."

„Trotzdem liegt es im Zentrum von Wien", beharrte Fuchs.

„Es muss in dieser Umgebung doch auffallen, wenn eine
Gruppe von fünf Männern mit einer Art Galgen im Gepäck
und dem Opfer gleich dazu in ein unbewohntes Haus
eindringt."

„Die Anzahl der Täter ist noch unbekannt. Jedenfalls kamen sie nicht durch die Haustür", erklärte der Wiener Chefinspektor. „Die Kollegen, die zuerst eintrafen, waren aufmerksam. Sie sagen, die Schmutzschicht auf der Kellerstiege war unversehrt – jungfräulicher Schmutz. Wer das angerichtet hat, ist nicht von oben gekommen."

„Es gibt eine direkte Verbindung zu anderen Kellern?"

„Vermutlich noch besser: einen direkten Zugang zu den Katakomben."

„Zum unterirdischen Wien", ergänzte Prohaska lakonisch. Fuchs dachte an Penta und Bika und runzelte die Stirn. „Sie meinen nicht die U-Bahn, oder?"

Klug schüttelte den Kopf. „Wiens geheime Labyrinthe. Die Stadt ruht auf einem Schweizerkäse, durchzogen von Kanälen, Gängen und Höhlen, manche davon uralt. Etliche Häuser haben drei oder vier Kellergeschosse, die tiefsten längst aufgegeben und verlassen. Im Gegensatz zur Treppe ist die Ebene des Tatorts übrigens übersät mit Spuren. Allerdings trugen ihre Verursacher irgendwelche Überschuhe, wahrscheinlich Filzpantoffeln. Die wollten es uns nicht zu leicht machen."

„Sie gelangten durch ein Labyrinth an ihr Ziel?", hakte Fuchs nach. „Wie kann man das überprüfen?"

„Wir haben den Zugang gefunden und einen Spezialisten von der Gemeinde angefordert. Wenn man sich in dem Irrgarten nicht auskennt, ist man rasch verloren." Er blickte auf seine Uhr. „Wann kommt der Bursche endlich? Müssen sie ihn aus dem Tiefschlaf wecken?"

Als habe er ihn gehört – und vielleicht hatte er das auch –, stand plötzlich ein gedrungener Mann in Arbeitskleidung neben ihnen.

„Leitet einer von euch die Aktion?", fragte er mit allem Überdruss, den ein Wiener Beamter in mehreren Jahrzehnten ansammeln konnte – und das ist viel.

„Ich", antwortete Klug scharf und fügte mit deutlicher Betonung hinzu: „Chefinspektor Klug."

„So, so, Chefinspektor", murmelte der andere und schälte einen alten Ausweis aus einer zerfallenden Brieftasche. Das Foto darauf sah ihm nicht ähnlich und das war erfreulich für das Foto. Ihm fehlten noch das aufgedunsene Gesicht, die rotviolett geäderte Nase, das Doppelkinn, die geplatzten Äderchen auf den Wangen, die Tränensäcke, die sich beim Original zu einer eigenständigen Gesichtspartie entwickelt hatten, und vor allem die Ausdünstung. So roch ein undichtes Weinfass, das Schwärme von Essigmücken anzog.

Der alte Bacchus zog einen Plan aus seinem Overall und entfaltete ihn auf der Motorhaube eines Einsatzfahrzeugs. Es dauerte eine Minute, bis er sich orientiert hatte, dann tappte die Spitze seines roten Zeigefingers auf den gesuchten Punkt.

„Da darf niemand durch. Gehört nicht zu den Routen."

„Was heißt das?", fragte Fuchs ungeduldig.

Die eingetrübten Augen des Magistratsbeamten richteten sich auf ihn. „Verstärkung aus der Provinz. Fein. Die Routen sind für zahlende Touristen. Eine Attraktion, verstehen Sie? Aber nur mit einem Führer erlaubt."

Klug hatte sich über die Karte gebeugt. „Wohin kommt man, wenn man diese Tür benützt?"

„Habe ich doch schon gesagt. Die darf man nicht verwenden." Bacchus begegnete den Blicken der Beamten und räusperte sich. „Na ja, in andere Keller halt."

„In welche?"

Die rote Fingerspitze zitterte über den Plan, zog eine Linie, noch eine, wieder eine andere …

„Sperren Sie auf", befahl Klug und führte die Gruppe in den Keller. Bacchus warf einen Blick in den Raum, in dem gerade Velik abgenommen wurde.

„A Leich", bemerkte er ungerührt. „Oba ka scheene."

Am Ende des Ganges hielt er an und fischte einen Schlüsselbund aus einer seiner unzähligen Taschen.

Erstaunlich rasch fand er den Passenden. Die Tür schwang auf.

„Lampen?", fragte er, während er selbst eine einschaltete. Prohaska hatte daran gedacht.

Sie mussten nur der Fährte folgen, die sich klar auf den teils rohen, teils betonierten, teils mit Ziegeln oder Stein ausgelegten, stark verschmutzten Böden abzeichnete. Die Gewölbe standen leer. Manchmal deutete Bacchus nach rechts oder links und murmelte: „Da geht's in andere Sektoren." Er schloss weitere Türen auf und schließlich hielten sie vor einem Kanal. Das schwarze Wasser floss träge dahin und verbreitete einen intensiven Geruch. Man konnte problemlos neben diesem Bach gehen und das geschah offenbar häufig. Auf dem glatten Stein war keine Fährte mehr zu erkennen.

„Wohin kommt man von hier aus?", wollte Klug wissen.

„Das können Sie sich aussuchen. Schlösser sind für diese Bande ja kein Hindernis. Und es gibt auch direkte Einstiege von oben."

„Sie warten", entschied der Wiener Chefinspektor. „Ich schicke Ihnen ein paar Leute, mit denen Sie die Sache systematisch angehen. Vielleicht findet sich die Spur ja wieder."

„Das geht nicht", protestierte der Magistratsbeamte. „Ich hab noch was anderes zu tun."

„Sie warten! Einen Notfallschluck haben Sie bestimmt dabei." Bacchus brummte böse, fügte sich aber. In wenigen Minuten hatten sie ihren Ausgangspunkt erreicht. Velik lag in einer offenen Leichentrage. Man wartete auf Klugs Erlaubnis, ihn abzutransportieren. Der Wiener Chefinspektor traf an Ort und Stelle erste Entscheidungen über die Organisation der Ermittlungen.

Fuchs beneidete ihn nicht darum. Es gab einen Tatort mitten in der Stadt, doch zugleich so abgelegen, als sei der Mord irgendwo in menschenleerer Wildnis geschehen. Wo sollte man nach Zeugen suchen, solange niemand wusste, an welchem Ort – oder an welchen Orten – die Täter und ihr Opfer in den labyrinthischen Untergrund abgestiegen waren? Ihm fiel nur eines ein, was sofort erledigt werden musste.

„Fahren Sie mit der Leiche, wohin auch immer sie gebracht wird", sagte er zu Prohaska, der nicht sonderlich begeistert wirkte, „und besorgen Sie ein gutes Foto von ihrem Rücken. Wir treffen uns im Büro."

Am Tatort ging Fuchs niemandem ab, das war deutlich ersichtlich. Er fragte sich, wo er ein Mittagessen einnehmen sollte.

„Chefinspektor Fuchs", tönte eine vertraute, sonore, altadlige Stimme, „was ist hier geschehen?"

Starhovsky stand hinter ihm, ungeachtet der sommerlichen Temperaturen im dunkelblauen Anzug mit blauem Hemd und ebensolcher Krawatte in unterschiedlichen, perfekt abgestimmten Tönungen. Der alte Herr schien es zu verstehen, an seiner unbeugsamen Haltung selbst Hitzerekorde abperlen zu lassen.

„Ein Mord", erwiderte Fuchs knapper als beabsichtigt – möglicherweise aus Neid, weil er trotz leichterer Kleidung ganz ordinär schwitzte. „Sie kannten das Opfer", fuhr er fort.

„Ein häufiger Gast bei Kay, Doktor Velik."

Der Detektiv wirkte ehrlich betroffen, fast erschüttert.

„Das ist eine schlimme Nachricht." Er fing sich rasch. „Sie haben noch nicht zu Mittag gegessen. Was halten Sie von einem Abstecher in die Bierklinik? Dort können Sie mir alles erzählen." Er deutete ein Schmunzeln an. „Ich meine, was Sie mir erzählen wollen."

Aus Dankbarkeit, dass er keines seiner Nobelrestaurants vorgeschlagen hatte, stimmte Fuchs sofort zu.

Auf dem kurzen Weg betätigte sich Starhovsky als Fremdenführer der besonderen Art. Er deutete mit seinem eleganten Gehstock auf ein Fenster und sagte: „Das Liebesnest eines erzkonservativen Bundeskanzlers. Seine Geliebte war rote Abgeordnete und ließ öffentlich kein gutes Haar an ihm. Das ganze Parlament wusste von ihrer leidenschaftlichen Affäre."

„Was passierte?"

„Sie drang nie an die Öffentlichkeit. Natürlich kannte auch jeder Wiener Journalist die Geschichte, aber es wurde kein Sterbenswörtchen darüber geschrieben. Andere Zeiten." Oder: „In dem Haus ermordete ein Großindustrieller seine Frau und seine Geliebte. Anschließend verbrachte er mehr als einen Tag zwischen den Leichen. Er trank zwei Flaschen Cognac, bis er den Mut aufbrachte, sich in ein jahrhundertealtes Schwert zu stürzen. Die Allgemeinheit erfuhr von einem tragischen Gasunfall. Immerhin wurde die Anzeige gegen den Hausbesitzer nicht weiterverfolgt." Chefinspektor Fuchs dachte an die Gene der Stadt.

In der Bierklinik schlug der Detektiv die Schank vor, letzte Bastion der Raucher in einer ihnen feindlichen Welt. Wie durch ein Wunder erhielten sie in dem vollen Lokal einen angenehm abgeschirmten kleinen Tisch, an dem sie sich ungestört unterhalten konnten. Niemand verlor ein Wort über dieses Wunder, es ereignete sich einfach.
Chefinspektor Fuchs dachte nun auch an die Gene der Bewohner dieser Stadt.
„Was wollen Sie mir berichten?", fragte Starhovsky ohne Umschweife.
„Velik wurde mithilfe einer Galgenkonstruktion erdrosselt. Mit einer dieser modernen Plastikschnüre, die Hunderte Kilo tragen können. Ein grausamer Tod. Das Besondere an der Vorrichtung bestand darin, dass fünf Mörder je ein Fünfzehnkilogewicht beisteuern mussten, damit sie funktionierte."
„Fiakergulasch?", schlug der Detektiv vor, da der Kellner kam.
„Einverstanden."
Der Kellner machte eine formvollendete Verbeugung und verschwand.
„Was halten Sie davon?", fragte Starhovsky.
„Es war eine Hinrichtung. Sechs Männer schließen sich zu einer Gruppe zusammen. Sie haben gemeinsame Interessen.

Dann passiert etwas, und fünf beschließen, den Sechsten zu töten. Sie töten ihn gemeinsam, mit fünf Gewichten. Das bewirkt einen gruppendynamischen Effekt, erzeugt Geschlossenheit. Was immer die einzelnen Mitglieder zuvor verbrochen haben, jetzt sitzen sie in einem Boot."

Und wieder ereignete sich ein Wunder. Das Fiakergulasch erschien drei Minuten nach der Bestellung, begleitet von zwei Krügeln Bier, eingeschenkt wie im Märchenbuch. Das Gebäck im Körbchen knisterte vor Frische und Knusprigkeit. Der Detektiv schützte seine Kleidung mit einer Stoffserviette von tatsächlich ausreichender Größe – noch ein Wunder, allerdings geringerer Natur – und sagte: „Mahlzeit."

„Mahlzeit." Fuchs benützte die Serviette ebenfalls.

Für eine Weile überließen sie sich dem Genuss des Saftigen, Würzigen, Herzhaften.

„Was hat Ihr Breuer damit zu tun?", fragte Starhovsky nach einem tiefen Zug aus dem Krügel.

„Wahrscheinlich ist er der Anführer der Gruppe."

„Wie kommen Sie darauf?"

„Es entspricht seinem Stil. Und er würde nie einer Gruppe angehören, ohne ihr Anführer zu sein."

„Gibt es einen Beweis?"

„Es gibt einen Fingerabdruck in einer DVD-Hülle."

Sie beendeten das Essen und rauchten. Der alte Detektiv blinzelte durch den Qualm. „Irgendeine Ahnung, wo sich Breuer versteckt?"

„Nur eine: Sein Versteck ist kein Schlupfwinkel, sondern eine Identität."

„Da könnten Sie recht behalten."

Sie nahmen noch einen Kaffee. Starhovsky ließ durchblicken, dass er es als Majestätsbeleidigung auffassen würde, wenn er nicht für beide bezahlte. Dann trennten sie sich.

Der Chefinspektor ging ins Präsidium. Insgeheim versuchte er, die Hitze an sich abperlen zu lassen wie der Alte im dunklen Anzug, doch an ihm perlte nur der Schweiß.

19

„Hier sind die Vergrößerungen aus dem Video, Chefinspektor. Und hier die Fotos von Veliks Obduktion." Prohaska strahlte vor innerer Zufriedenheit.

„Dann zeigen Sie mir schon die Übereinstimmungen", bemerkte Fuchs bissig.

Die Augen des Inspektors weiteten sich. „Warum ... Ja, sofort."

Es ging rasch, da er die betreffenden Aufnahmen so arrangiert hatte, dass sie ein wenig aus den flachen Stapeln ragten. Er schob sie nebeneinander über den Tisch. Die Bildausschnitte waren etwa gleich groß, Auflösung und Lichtverhältnisse wichen voneinander ab. Einmal Pornovideo, einmal Leichenhalle. Anordnung und Größen der fünf Muttermale, die ein stilisiertes M bildeten, schienen identisch.

„Die Wahrscheinlichkeit einer zufälligen ..."

„Ich weiß", unterbrach Fuchs. „Irgendwo bei null. Das hat Ihnen ein Experte erzählt. Die lieben ihr Gefasel." Er betrachtete die Schulterblätter des Bankers, links ante, rechts post mortem. „Wissen Sie, was das bedeutet?"

„Velik war einer der Harlekine", versuchte es Prohaska zögernd.

„Es bedeutet", fuhr Fuchs fort, ohne von dem Versuch Notiz zu nehmen, „dass der maskierte Velik die Mutter seines Kindes gemeinsam mit anderen Maskierten vögelte – und wahrscheinlich genau wusste, dass sie nur unter irgendeinem Zwang mitmachte."

„Das ist widerlich", murmelte der junge Inspektor.

„Aber weshalb", dachte der Chefinspektor laut weiter, „stellt er dann die Zeichnung an die Unfallstelle? Und weshalb wird er umgebracht?"

„Vielleicht", flüsterte sein Assistent, „vielleicht stand er selbst unter Zwang."

Fuchs schwieg lange Sekunden, dann hob er seinen Blick zum Inspektor. „Ja, das stimmt mit seinem Verhalten auf dem

Video überein." Rasch senkte er den Blick wieder, um das Resultat seines Lobs nicht mit ansehen zu müssen.

„Noch etwas", meldete sich Prohaska. „Sehen Sie sich diese Ausschnitte an." Er reichte Fuchs einige stark vergrößerte, unscharfe Bilder. „Die zeigen den unteren Rand der Masken. Wir dachten zuerst an eine Verzierung. Dann hat ein Spezialist daran gebastelt und das kam heraus."

Ein weiterer Stapel wanderte über den Tisch.

„Buchstaben", stellte Fuchs fest.

„Jeweils drei Großbuchstaben. Wohl, damit sie sich gegenseitig unterscheiden können."

„CAL", entzifferte Fuchs. „DOM, COM, GAL, NER, ELA. Schon eine Theorie?"

Der Inspektor zögerte.

„Einer meinte, sie tragen doch dieses römische Gewand wie in den Gladiatorenfilmen."

„Und Erdrosseln war eine beliebte Hinrichtungsmethode im alten Rom", fügte Fuchs düster hinzu.

„Das wusste ich nicht", bekannte Prohaska. „Doch wenn es zur Zeit passt … uns sind drei Kaisernamen eingefallen."

„Lassen Sie mich raten", spöttelte der Chefinspektor.

„Caligula, Nero und Domitian."

„Caligula, Nero und Commodus."

„Das sind schon vier. GAL ist Galba. Zu ELA fällt mir nichts ein. Googeln Sie das."

Der Inspektor wischte mit affenartiger Geschwindigkeit über sein iPhone.

„Elagabal. Kam durch eine Revolte an die Macht und wurde bald ermordet. Soll besonders lasterhaft gewesen sein. Velik."

„Die anderen waren wohl auch keine Lichtgestalten. Wenn unsere Clowns selbst solche Namen wählten, spricht das für einen schrägen Humor, vielleicht aber auch für ihr Programm."

„Meinen Sie, Breuer ist einer davon?"

„Würde gut zu ihm passen. Seine Frau sollte ihn auch im Adamskostüm erkennen, glauben Sie nicht?"

„Sie wollen seiner Frau *diese* Fotos zeigen?"

„Schlagen Sie für mich im Knigge nach, ob das geht", knurrte Fuchs gereizt. „Und wenn Sie gerade aufbrechen: Wir haben uns zu wenig um die Zeichnung gekümmert. Hat wirklich Mona sie angefertigt? Lassen Sie sie untersuchen. Nehmen Sie eine Kopie mit und fragen Sie Veliks Frau. Nein, fragen Sie besser Monas Schwägerin. Die weiß bestimmt mehr darüber."

Als sich Prohaska verzogen hatte, wählte Fuchs die Nummer seines Chefinspektor-Kollegen Klug.

Der meldete sich mit einem knappen „Ja."

„Fuchs hier. Sie nehmen sich bestimmt gerade Arbeitsplatz und Wohnungen von Velik vor. Und natürlich sein persönliches Umfeld."

„Ja?", fragte Klug vorsichtig nach.

„Es steht fest, dass er einer der Typen mit den Harlekinmasken war. Das sollten Sie für Ihre Ermittlungen wissen."

Er war der Ansicht, dass er damit genügend Rücksicht auf den Mann genommen hatte, der ihn gestern noch wegen des Mordes an der Serviererin festsetzen wollte, und beendete die Verbindung.

Geschlossenes Fenster, Rauchverbot, Wiener Gene. Er hatte die Nase voll davon, grübelte und rauchte. Sollten sie ihn doch deshalb verhaften. Aber man ignorierte ihn einfach. Wahrscheinlich hätte er das Präsidium anstecken können und alle hätten weggeschaut. Wiener Schabengene.

Eine SMS kam an: „Ich liebe dich, Terry Fuchs. Darf ich jetzt nach Wien?"

Er antwortete: „Ich liebe dich auch, Samantha Richter. Nein, der Fuchs hat Tollwut."

Zwei vergrübelte Zigaretten später rief Prohaska an.

„Mohrs Frau meint, dass die Zeichnung genau Monas Stil entspreche. Sie zeigte mir eine ganze Reihe davon, die sie für ihre Tochter angefertigt hatte. Einfache, kleine Cartoons.

Irgendwie witzig. Eins fiel uns beiden auf: Sie verwendete
ausschließlich Bleistift, nie Farbe."
„Dann stammen die Tränen wohl von Velik", bemerkte Fuchs.
„Seine späte Reue."
Der Chefinspektor hatte genug von diesem Tag. Er ging ins
Regina, aß dort zu Abend und ließ sich ins Bett fallen. Sollten
sie ihn alle schnarchen hören. Die Wanzen, die Schaben, das
ganze Ungeziefer.

20

Der Anruf erreichte die aufstrebende TV-Moderatorin um
halb neun abends. Sie saß allein vor dem PC in ihrem Büro
und arbeitete am Konzept einer neuen Serie. Ohne sich zu
melden, fragte der Anrufer:
„Ist Tanja gut nach Hause gekommen?"
Eine kühle Stimme, die kein echtes Interesse an ihrer Antwort
verriet. Kerstin Bayer kannte sich aus mit Stimmen, sie spürte
sofort das drohende Unheil.
„Wer spricht da?"
„Stell keine Fragen, schau in deinem E-Mail-Eingang nach."
Normalerweise hätte sie wortlos aufgelegt, nur die Angst um
ihr Kind hinderte sie daran. Da stand in einer Betreffzeile
‚Tanja', nichts weiter, die E-Mail enthielt keinen Text.
„Öffne den Anhang."
Mit zitternden Fingern folgte sie der Anweisung. Eine
Montage aus mehreren Bildern füllte ihren Monitor, drei in
der oberen Reihe, darunter zwei weitere und ein großes rotes
Fragezeichen. Links oben erkannte sie sofort die kleine Susi,
das Opfer aus dem Park, lachend und gesund, daneben
dasselbe Foto, das fröhliche Gesicht im Zentrum eines
Fadenkreuzes – und daneben das auf dem Rücken liegende
Kind mit blutigen Locken. Kerstin stockte der Atem, als sie
auf dem unteren linken Foto ihre Tanja sah – sie hatte sie
sofort bemerkt, es aber nicht wahrhaben wollen –, dann Tanja
hinter dem Fadenkreuz, dann das rote Fragezeichen.
„Was wollen Sie?", hauchte sie.
Vor ihren Augen zerfiel das grässliche Bild, der Monitor
wurde schwarz.
„Du wirst nicht vergessen, was du gesehen hast. Und du wirst
niemandem davon erzählen, niemals. Sonst wird auch in der
zweiten Reihe ein totes Kind liegen."
Alle Wärme war aus Kerstin geschwunden, nur mit größter
Mühe wiederholte sie: „Was wollen Sie?"

„Wir erfahren, wenn du dich jemandem anvertraust, egal wem. Dann ist Tanjas Lebensfaden gerissen, ohne Wenn und Aber, ohne Aufschub und Gnade, verstehst du?"

„Ja", schluchzte Kerstin. „Was wollen Sie?"

„Eine kleine Dienstleistung, drei Stunden und wir sind aus deinem Leben verschwunden."

Sie hörte noch eine Weile zu. Nachdem der Erpresser geendet hatte, wartete sie, bis sie wieder normal sprechen konnte, dann rief sie ihren Mann an.

„Ist mit Tanja alles in Ordnung?"

„Aber ja, warum fragst du?"

„Ich hatte plötzlich ein schlechtes Gefühl."

„Dummerchen", sagte ihr Mann liebevoll. „Wann kommst du denn?"

„Ich fahre jetzt los."

Kerstin sagte niemandem etwas. Thomas war ein guter Ehemann und Vater und er hätte augenblicklich Himmel und Hölle in Bewegung gesetzt, die Polizei, die Staatsanwaltschaft, womöglich sogar die Medien …

Das durfte nicht sein, denn sie zweifelte nicht daran, mit Susis Mörder gesprochen zu haben. Im Vordergrund des Bilds vom toten Kind saßen seine beiden Freunde, die Köpfe halb nach hinten gedreht, der Bub lachte noch, der Gesichtsausdruck des Mädchens wechselte gerade von Fröhlichkeit zu Erschrecken – das Foto war unmittelbar nach dem Anschlag aufgenommen worden, noch ehe die Mutter oder eine andere Person darauf reagiert hatten. Niemand außer dem Mörder konnte es gemacht haben.

Am nächsten Tag erhielt sie ihre Anweisungen. Sie fuhr zu einem Treffpunkt und stieg in den Fond eines wartenden Wagens. Während der Fahrt saß sie alleine dort, alle Scheiben waren schwarz, auch die Trennwand zum Fahrer. Nach einer halben Stunde hielt der Wagen an, in ihrem Rücken hörte sie das Geräusch eines sich schließenden Tors. Ein Mann in einem weiten, schwarz-weiß karierten Anzug öffnete ihre Tür, er trug eine schimmernde weiße Harlekinmaske. Während er sie durch einen Gang führte, flüsterte er ihr noch einige Regeln ins Ohr. Unter anderem sollte sie unentwegt lächeln. Lächeln! Sie gelangte in einen dunklen Raum mit einem hell erleuchteten Podium. Rundum saßen Männer in seltsamen roten Kitteln, ebenso maskiert wie ihr Führer. Sie stieg auf das Podium und folgte mit hölzernen Bewegungen den Befehlen, die man ihr gegeben hatte. Was danach kam, behielt sie als diffusen Albtraum in Erinnerung.

Als sie viel später wieder in ihrer Wohnung war und sich fast die Haut unter der heißen Dusche verbrannte, hallte noch immer die Warnung in ihrem Ohr:
„Ein Wort, gesprochen oder geschrieben, und wir schicken dir Tanjas letztes Bild."
Vielleicht wäre alles anders gekommen, wenn Thomas wie üblich bis spät in die Nacht gearbeitet hätte. Doch ein Termin war ausgefallen und plötzlich stand er im Bad und betrachtete sie verwundert.
„Du siehst aus wie ein gekochter Krebs. Was ist denn los?"
„Gar nichts", hauchte sie, verbarg ihren glühenden Körper unter einem Nachthemd und flüchtete ins Bett. Er ließ ihr nur wenige Minuten Vorsprung. Sie hatte bereits das Licht ausgeschaltet und drehte ihm den Rücken zu. Als sie seine Hand auf ihrer Hüfte fühlte, zuckte sie zusammen.
„Nicht heute, Thomas. Mein Kopf."
Viele andere Männer hätten sich damit begnügt, frustriert, gleichgültig oder verärgert. Thomas Bayer war nichts davon. Er wusste, dass etwas nicht stimmte und dass es sich bei diesem Etwas nicht um irgendeine Kleinigkeit handelte. Er zog seine Frau an sich.
„Friss es nicht in dich hinein", bat er. „Was auch immer es ist, gemeinsam werden wir damit fertig."
„Lass mich."
„Ich kann dich nicht lassen, ich liebe dich."

Zehn endlos lange Minuten leistete sie Widerstand, flehte ihn an, fauchte ihn an, versuchte, ihn zu beleidigen. Mit jeder Minute wuchs seine Sorge. Dann brach Kerstin zusammen und erzählte ihm alles, von der ersten E-Mail an. Er hatte das Licht eingeschaltet und saß im Bett, weiß wie eine frisch gekalkte Wand. Doch er überwand den Schock in kürzester Zeit. Er verwandelte ihn in eine kalte, gefährliche Wut. Keine Alltagswut, die Männer und Frauen dazu bringt, Dinge aufeinander zu werfen, sich anzuschreien oder zu schlagen, sondern eine berechnende, planende, vernichtende Wut.

Thomas griff nach seinem Smartphone und rief einen Staatsanwalt an, mit dem er seit seiner Studienzeit befreundet war.

„Es ist spät", sagte er. „Entschuldige. Aber ich muss morgen um acht mit dir sprechen. *Wir* müssen mit dir sprechen." Er hörte einen Moment zu. „Du kennst mich. Unsere Sache ist wichtiger als jeder Termin. Gut. Danke."

Kerstin schluchzte unter der Bettdecke. Er redete besänftigend auf sie ein. Plötzlich riss sie die Decke weg und schrie ihn an.

„Du begreifst es nicht! Sie werden sie töten!"

„Sie werden niemanden töten", sagte er mit unerschütterlicher Selbstsicherheit. „Wir nehmen Tanja mit. Und glaub mir: Sie werden teuer dafür bezahlen."

Kurz nach acht Uhr morgens läutete sein Smartphone. Es lag noch immer auf dem Nachtkästchen. Niemand hob ab.

Der Staatsanwalt kannte Thomas Bayer wirklich gut. Er wartete nicht länger, sondern verständigte die Polizei. Noch vor neun trafen die Beamten ein und entdeckten, dass die Wohnungstür nicht abgeschlossen war. In der Wohnung fanden sie drei Leichen. Das Ehepaar Bayer und die kleine Tanja waren in ihren Betten liegend erschossen worden.

Nichts in der Wohnung schien berührt oder entwendet worden zu sein.

Die Überwachungskamera im Flur zeigte zwei Männer in weit geschnittenen, formlosen Trainingsanzügen mit Kapuzen.

Einen größeren und einen kleineren. Sie trugen weiße
Harlekinmasken. Wenige Minuten nach ihrem Eintreffen
verließen sie das Haus wieder. Sie schlenderten dahin wie bei
einem Spaziergang. Einer hob lässig die Hand, als ob er den
Ermittlern einen Gruß zurücklassen wollte. Die Hand steckte
in einem schwarzen Handschuh. Mehr als diesen Gruß und
drei Tote hatten sie nicht zurückgelassen. Es hatte auch
niemand etwas gehört.

Fuchs erfuhr von der Bluttat durch Oberst Krainer. Im
Präsidium herrschte Hochbetrieb. Auch wenn in Wien mehr
Gewaltverbrechen geschahen als in Klagenfurt, stellten fünf
Morde in wenigen Tagen die Polizei auf eine harte Probe.
Der Chefinspektor spürte mehr denn je, dass er in diesem
Apparat einen Fremdkörper darstellte. In Kärnten hätte er in
einer solchen Situation organisiert, Aufgaben zugewiesen,
diskutiert, Berichte gelesen und für Tempo gesorgt. Hier sah
er zu, wie andere das erledigten. Er verfügte einzig über
Inspektor Prohaska und wagte nicht einzuschätzen, wie vielen
Herren der sonst noch dienen mochte.
Am Nachmittag fühlte Fuchs sich erschöpft und gleichzeitig
unruhig. Er wählte Pentas Nummer.
„Du bist ein Sachensammler, den es in die tiefsten Keller und
Gänge zieht. Kennst du dich da unten gut aus?"
„Recht gut", antwortete Penta. „Bika noch viel besser."
„Auch in den roten Bereichen, den inoffiziellen?"
Im Hintergrund kicherte jemand. Also hatte der Detektiv die
Freisprechfunktion aktiviert.
„Was willst du in den offiziellen finden? Die sind abgegrast
wie Novemberweiden."
„Machst du eine Führung mit mir?"
„In welcher Gegend?"
„Kays Net. Die ermordete Serviererin erwähnte drei Männer,
die dort im Keller spurlos verschwanden."
„Wann?"
„In einer Stunde?"

„Wir kommen."

Sie vereinbarten einen Treffpunkt und Fuchs machte sich auf den Weg zu seinem Café, um dort etwas zu trinken, bis es Zeit für ihren Ausflug war. Er hatte kaum das Präsidium verlassen, als Klug anrief.

„Wir haben etwas", sagte er. „Kerstin Bayer hatte einige Stunden vor ihrem Tod Geschlechtsverkehr. Mit mehreren Männern."

„Sie war auf einer Party der Clowns", murmelte Fuchs.

„An die dachte ich auch. Aber weshalb bringen sie anschließend die ganze Familie um?"

„Weil sie ihrem Mann davon erzählt hat und der den Staatsanwalt anrief. Sie wurde überwacht, wahrscheinlich mit Wanzen."

„Wir haben keine gefunden."

„Sie mussten sie nur wieder einsammeln." In Fuchs' Gedanken fügten sich einige Puzzlesteine zusammen und ergaben plötzlich ein fertiges Bild. Unwillkürlich stieß er einen Fluch aus.

„Wie bitte?", fragte Klug indigniert.

„Sie hatte eine kleine Tochter, ebenso wie die Mohr."

„Ja."

„Bei dem Sniper-Mord wurde ein kleines Mädchen im Park erschossen. Scheinbar grundlos. Es gibt keine Spur, kein Motiv, nicht wahr?"

„Keine", bestätigte Klug.

„Die Killer hatten aber ein Motiv. Mit dem Mord erpressten sie die Frauen. Deshalb machten die – unter Anführungszeichen freiwillig – beim Gangbang mit. Das erste Mädchen töteten sie nur, um zu zeigen, wie ernst sie es meinen." Nun fluchte auch Klug.

„Und jetzt", fuhr Fuchs fort, „beweisen sie allen, wie ernst sie es meinen, wenn jemand den Mund aufmacht."

21

In dem Raum mit den hohen, von schweren Vorhängen
verhüllten Fenstern hing ein großer Monitor. An anderen
freien Flächen großformatige Porträtfotos ungewöhnlich
schöner, junger Frauen. Der Fußboden bestand aus dunklem
Fischgrätparkett, auf dem ein riesiger persischer
Seidenteppich lag, geknüpft in verschiedenen Gold- und
Rottönen. Um den massiven Nussholztisch saßen fünf
Männer, einer bediente ein Notebook. Cognacschwenker
standen auf dem Tisch und eine Flasche Remy Martin Louis
XIII. war bereits zur Hälfte geleert. Die zweiflügelige
Schleiflacktüre war geschlossen; es wirkte wie die
Besprechung eines Einsatzstabes in einer besonders noblen
Umgebung und in gewisser Weise traf das auch zu.
Die Männer trugen Maßanzüge zu teuren handgefertigten
Schuhen und Masken, die ihre Gesichter verdeckten; weiße
Harlekinmasken mit ziselierten Buchstaben am unteren Rand.
Sie tranken den wertvollen Tropfen durch dicke
Plastikröhrchen, da ihre Maskierung es nicht anders zuließ.
Ein außenstehender Beobachter hätte sich darüber gewiss
amüsiert – allerdings nur für die kurzen Momente seiner
Restlebenszeit.
Die Harlekine blickten zu dem Bildschirm.
Charts und Tabellen erschienen dort, als Überschriften kurze
Vornamen wie Bob, Lucy oder Ken. In Klammern daneben
chemische Formeln von unterschiedlicher Länge, die jeden
Drogenfachmann elektrisiert hätten. So, wie die Anwesenden
für sich selbst die Namen römischer Kaiser der Antike
gewählt hatten, bezeichneten sie die Produkte ihres illegalen
Handels mit harmlos klingenden englischen Vornamen. Es
erinnerte an die Vorgangsweise von Meteorologen in der
Hurrikan-Saison. Wie die unschuldigen Katrinas und Sandys
standen auch Bob und Lucy für Leid und Tod. Einer der
Clowns kommentierte und analysierte Diagramme und Zahlen
in der nüchternen Sprache des betrieblichen

Rechnungswesens. Die anderen murmelten Ausdrücke der Zufriedenheit und Zustimmung.

Nur einer der fünf blieb währenddessen stumm. Er nahm den Platz an einer Schmalseite des Tisches ein. Dies und die offensichtliche Distanz, die er zu den anderen wahrte, kennzeichneten ihn als den Boss der Gruppe.

Am unteren Maskenrand waren die Buchstaben „CAL" eingraviert.

Nach dem strikt Geschäftlichen erfolgte ein Themenwechsel. Die attraktive Nachrichtensprecherin eines privaten TV-Anbieters erschien auf dem Monitor. Sie sprach stehend, sitzend, hin und her schreitend auf hohen Absätzen in einem eng anliegenden Kleid. Was sie sagte, hörte man nicht. Es folgten private oder halb private Fotos der Sprecherin, eines im knappen Bikini an einem Strand, was die Maskenmänner zu anerkennendem Schnalzen und einem Pfiff bewog.

„Wir werden sie für das kommende Wochenende einladen", erläuterte Nero. „Sie weiß es noch nicht."

„Eine gute Wahl", bemerkte Caligula. Es war seine erste Wortmeldung. Er zischte mehr als er sprach – als ob er auch seine Stimme maskieren wollte. Offenkundig legte er großen Wert darauf, sein Inkognito sogar gegenüber den engsten Getreuen zu wahren. Mochten die Männer untereinander ihre Identität kennen oder wenigstens erahnen, in der Runde saß nur einer, der wusste, wer sich hinter Caligulas Maske verbarg.

„Doch jetzt zu etwas anderem."

Plötzlich füllte ein Porträtbild von Fuchs' Freundin Samantha den Bildschirm.

„Auch nicht übel", merkte Galba an.

„Ich sagte: zu etwas anderem", betonte Caligula so scharf, dass die übrigen Harlekine erstarrten und schwiegen.

„Sie heißt Samantha Richter. Wohnt in Klagenfurt." Es folgte eine Serie von Aufnahmen, die Sam unter anderem beim Sonnenbad zeigten. „Sie wohnt in diesem Appartementhaus." Auch das Gebäude war aus mehreren Ansichten zu sehen.

„Sie verlässt die Wohnung meist gegen zehn, um Einkäufe zu erledigen. In der Gegend ist um die Zeit nicht viel los. Am besten, wir setzen den Lieferwagen ein. Einer spricht sie an und erkundigt sich nach einer Adresse. Sie ist nicht der vorsichtige Typ. Wenn sie nahe genug herankommt, stößt er sie in den Wagen, verpasst ihr eine Spritze und ab die Post. Natürlich nur, wenn kein Aufsehen zu erwarten ist. Sonst folgen wir ihr und schlagen bei einer anderen Gelegenheit zu. Sie muss nach Wien gebracht werden. Das übernimmst du, Galba. Du kannst Domitian mitnehmen."

„Wann?"

„Übermorgen. Ich will sie unversehrt."

„Kein bisschen Spaß? Sie sieht scharf aus."

„Es wäre dein letzter Spaß".

Caligulas Flüstern klang sanft, nicht drohend. Das war auch nicht nötig. Jeder der Männer wusste, dass er es genau so meinte, wie er es sagte. Alle hatten bei Elagabals Bestrafung ihr Gewicht in die Schale gesenkt.

Dann kamen die Fotos von Maria an die Reihe, Fuchs' Exfrau.

22

Sie trafen sich am Fleischmarkt. Penta in einer schmutzigen, grauen Windjacke, Bika, klein und zierlich und vermutlich bis an die Zähne bewaffnet, in ein langes Gewand gehüllt, das auch ihr Haar und ihr Gesicht verbarg. Bloß die Augen blieben unbedeckt und prüften unablässig die Umgebung.

„Ich werde möglicherweise überwacht", sagte Fuchs nach der Begrüßung.

„Von wem?", erkundigte sich der Detektiv. Der Chefinspektor zuckte die Achseln. „Schlendern wir ein bisschen durch die Gegend", schlug Penta vor. „Wenn sich jemand für uns interessiert, wird Bika ihn entdecken."

Fuchs stimmte zu. Das seltsame Trio spazierte durch die alten Gassen, planlos, wie bummelnde Touristen. Bika benötigte nur zehn Minuten.

„Kerl mit Plan vor Gesicht. Schaut nicht Plan, schaut uns. Jetzt vor Auslage Schuh."

„Nur einer?", fragte Penta.

„Ja. Ich ihn beschäftigen lustig."

Sie löste sich von ihren Begleitern und tauchte gleich darauf neben dem Mann auf, der sich rasch zur Seite wandte und noch intensiver so tat, als würde er seinen Stadtplan studieren. Plötzlich ließ er ihn fallen und seine Hände schnellten nach unten.

Fuchs wechselte einen Blick mit Penta. Im nächsten Moment trat Bika wieder an sie heran.

„Wir gehen."

Der Verfolger lehnte mit dem Rücken an der Mauer neben der Auslage, beide Hände vom Körper verdeckt. Er hatte ein rotes Gesicht, das Fuchs nicht kannte. Sie gingen nun schneller.

„Was hast du getan?", fragte der Detektiv ein wenig besorgt.

„Ich wusste, er sich umdrehen, wenn komme zu ihm. Habe gemacht ritsch durch Gürtel und Hose." Sie kicherte. „Glaube, auch durch Unterhose. Mann jetzt Hose halten, nicht Plan."

Nachdem sie um zwei Ecken geschwenkt waren, hielt Penta vor einer Tür. Er besaß keinen Schlüssel, aber viel Geschick. Ein zerstreuter Schlüsselbesitzer wäre nicht schneller mit dem Schloss zurande gekommen. Sie betraten das graue, kühle Stiegenhaus des Altbaus. Der Detektiv sperrte ordnungsgemäß von innen ab.

„Penta-Mann sehr gut mit Friedrich", lobte Bika.

„Dietrich", verbesserte Fuchs automatisch. An ihren aufblitzenden Marderzähnchen und den vergnügt funkelnden Augen erkannte er, dass sie ihn ein wenig auf den Arm genommen hatte.

„Bika wissen", sagte sie, entzückt über ihren Erfolg. „Bika gut deutsch."

Es war still im Haus und je weiter sie die Kellertreppe hinabstiegen, desto stiller wurde es. Zwei Etagen tiefer gelangten sie an die nächste Tür. Penta öffnete sie mit der Souveränität eines begabten Berufseinbrechers.

„Begegnet dir nie jemand bei deinen Ausflügen?", erkundigte sich der Chefinspektor.

„Ich besitze einen Ausweis der zuständigen Magistratsabteilung."

„Ah ja."

Als die Tür hinter ihnen zuschwang, standen sie für Augenblicke in tiefstes Dunkel gehüllt. Dann blitzte Pentas Taschenlampe auf und sie fanden sich in einer anderen Welt wieder. Sie bewegten sich nicht mehr im öffentlichen Teil des Hauses, sie waren in seine Eingeweide vorgestoßen. Alles war stickiger, schmutziger und enger. Penta gab Fuchs eine kleine Lampe, damit er nicht stolperte. Bika benötigte derlei nicht. Von hier aus ging es weiter nach unten, dann begannen die Gänge. Manche davon wirkten *richtig* alt. Wie lange hatten sich hier schon Menschen in die Weichteile der Stadt gebohrt? Seit den Zeiten der Römer oder bereits zuvor? Lag es in der Natur dieses Ortes, dass Menschen sich möglichst tief in sein Innerstes wühlten, sich wie Maden ins Fleisch der Felsen gruben? Dunkel, heimlich, morbide; Zentralfriedhof,

Kapuzinergruft, Wienerlied. Das hier war etwas anderes als der kurze Ausflug von Veliks Tatort in den offiziellen Untergrund. Das war archaisch. Der Klang der Schritte, Fuchs' stoßweiser Atem, das Schlagen seines Herzens.

„Hier muss ein Aufgang kommen", sagte Penta schließlich mit einer Unbekümmertheit, um die der Chefinspektor ihn beneidete. Nichts Morbides schwang da mit, nichts von der Last der Jahrtausende und dem Gewicht einer Millionenstadt, nichts von der Furcht, bei einer Abzweigung die falsche Richtung einzuschlagen. Tatsächlich bog der Detektiv gleich darauf in einen schmalen Gang, der am Fuß einer Wendeltreppe endete.

„Warm", stellte Bika fest.

Sie hatte recht, doch Fuchs interessierte sich nicht für Luftströmungen in den Katakomben.

„Ist das der Punkt?", fragte er.

„Ja", erwiderte Penta. „Ich bin fast sicher."

„Fast sicher, wie? Nicht mehr?"

„Es gibt keine Karte, ich muss schätzen, Terry. Probier es doch mit deinem GPS."

Sie stiegen die Treppe hoch und gelangten rasch auf einen geräumigen Absatz, wo wieder ein Hindernis ihren Weg versperrte. Doch diesmal war es keine altersgraue Blechtüre mit Holzkern und schwachbrüstigem Schloss. Matt schimmerte massiver Stahl im Licht ihrer Lampen. Penta begnügte sich mit einem Blick auf den Schließmechanismus und machte sich nicht die Mühe, sein Werkzeug hervorzuholen.

„Die ist ein paar Nummern zu groß für mich", flüsterte er, als würde sich die bloße Existenz des Bollwerks jedes laute Wort verbieten.

Fuchs musterte den offenbar neuen Einbau. „Fügt sich gut ins Bild von Kays Net – falls es wirklich sein unterirdischer Ausgang ist. Bescheiden vom Scheitel bis zur Sohle. Hoffentlich erscheinen wir nicht gerade auf einem der Monitore oben."

Beunruhigt prüfte Penta die wuchtige Tür und den kleinen Vorraum, in dem sie sich befanden. „Nichts."

„Sehen wir uns die Umgebung an", forderte der Chefinspektor.

Sie kehrten zum tiefer liegenden Gang zurück und wandten sich nach links. Nach fünfzig Schritten war endgültig Schluss, eine Betonwand versperrte den Stollen. Bika klopfte dagegen. Der helle, harte Klang ließ keinen Zweifel aufkommen.

„Sockengasse", befand sie lakonisch.

„Sackgasse", korrigierte Penta.

„Gleich Sack oder Sock, hier aus."

„Bring uns nach oben", verlangte der Chefinspektor. „Auf dem kürzesten Weg."

Der kleine Detektiv überlegte. „Macht es dir was aus, eine Straße durch einen Kanaldeckel zu betreten?"

„Kommt auf den Verkehr an", entgegnete Fuchs.

„Keine Sorge, es ist eine Fußgängerzone."

Während des Gesprächs hatten sie den Zugang zur Wendeltreppe passiert und bogen nun in einen Seitengang, der vom ursprünglichen Pfad abwich. Plötzlich erfüllte ein lang gezogenes Heulen die engen unterirdischen Röhren. Ein an- und abschwellender Ton, der halb menschlich, halb gespenstisch klang, die Männer erstarren ließ und Bika ihr Stilett in die zarte Hand zauberte, schneller, als ein Auge es wahrnehmen konnte. Es mochte eine halbe Minute andauern, ehe es abrupt verstummte. Penta und Fuchs flüsterten ihre Fragen gleichzeitig in die neu entstandene Stille.

„Von wo kam das?"

„Was zum Teufel war das?"

Bika beantwortete sie in einem:

„Von wo wir kommen. Gebet."

„Ein Gebet?", fragte Penta.

„Ich kennen aus Heimat."

„Sehen wir nach", entschied Fuchs.

„Willst du hier warten?", erkundigte sich Penta zögernd bei der jungen Tschetschenin.

„Besser ich mitkomme. Besser für euch."
Erneut drangen sie durch die schmalen Gänge bis zur
Betonwand vor, begleitet vom unruhigen Licht der Lampen,
warfen einen Blick auf die mutmaßliche Tür von Kays Net,
ließen suchende Lichtbündel durch die enge Finsternis tanzen
und fanden: nichts.
„Mischen wir uns unter die Fußgänger", sagte der
Chefinspektor.

Er wusste nicht, wer nun führte, ob Penta oder Bika, und es
kümmerte ihn nicht. Ihm war, als dringe der Druck des
Gesteins in seinen Kopf und versuche, ihn langsam von innen
zu sprengen. Endlich gelangten sie an eine eiserne Leiter und
kletterten im vertikalen Gänsemarsch hoch. Dann knirschte
Metall auf Metall, die letzten Strahlen der Abendsonne fielen
in den Schacht und sie krabbelten auf die Straße wie
urzeitliche Käfer. Im Hintergrund ragte der Stephansdom in
lichte Höhen, im Vordergrund umringten sie freundlich
lächelnde Japaner. Unzählige Kameras, Camcorder und
Smartphones dokumentierten Chefinspektor Fuchs'
Wiederkehr aus den Schatten.

23

Eine halbe Stunde später saßen sie zu zweit in der Stammkneipe des Detektivs und tranken Bier. Bika hatte sich auf dem Weg von ihnen gelöst und war in Sekundenschnelle verschwunden.

„Ich brauche noch mehr Unterstützung von dir", sagte Fuchs aus einem Impuls heraus. „Kannst du für mich arbeiten?"

Penta gluckste. „Ich? Für einen Bullen? Ihr seid doch eine riesige Herde mit allen Möglichkeiten."

„Es ist eine Wiener Herde. Ich bin fremd."

Der Detektiv trank schnell und lautlos und blinzelte Fuchs zu. „Starhovsky soll nichts davon erfahren, stimmt's?"

„Ist das ein Problem?"

„Nein. Momentan besteht mein Job vor allem aus Warten. Was soll ich tun?"

Der Chefinspektor ließ sich mit der Antwort Zeit. „Ein Auge auf mich haben", sagte er. „Sehen, was rund um mich vorgeht. Darauf achten, ob ich noch Jäger bin oder schon Hase."

„Hat Kays Net etwas damit zu tun?"

„Melitta war dort. Velik war dort. Starhovsky hat mich eingeführt. Kays Assistent ist klein und dick und macht im Vorübergehen einen sibirischen Bären zur Schnecke, als ob sie den aus Zuckerwatte gesponnen hätten."

Wieder blinzelte der Detektiv ihn an. „Und warum vertraust du mir? Weil ich ein Landsmann bin?"

„Wegen Bika", erwiderte Fuchs.

„Weil *sie* mir vertraut?"

„Ja."

Penta grinste ihn an. „Für einen Provinzbullen bist du ziemlich gerissen. Ich bin dabei."

Sie tranken noch zwei, drei Gläser Bier und beredeten einige Punkte, die Penta außerdem erledigen sollte, dann trennten sie sich. Der Chefinspektor kehrte ins Hotel zurück und schlief sofort ein.

24

Lachers SMS weckte ihn: „Treffen in G bestätigt."
Wieder wählte Fuchs die Kleidung aus seiner
Geschenkschachtel und schickte seinerseits eine SMS an
Penta mit der gewünschten Uhrzeit. Dann frühstückte er
ausgiebig.
Als es so weit war, ging er in der Währinger Straße bis zur
ersten Haltestelle stadtauswärts. Dort wartete er. Der
Mercedes mit Penta am Steuer hielt kurz an, ließ ihn
einsteigen und beschleunigte dann so heftig, dass sich Fuchs'
Türe von alleine schloss. Bei Orange überquerte er die
Kreuzung mit der Nußdorfer Straße als Letzter. Vor der
Volksoper stoppte Penta, der Chefinspektor wechselte auf den
Fahrersitz.
„Bringt dieses Theater was?", fragte der Detektiv.
„Es wissen wenigstens nicht alle, wo ich gerade bin",
erwiderte Fuchs.
Penta lächelte ihn an, harmlos und friedlich. „Solange ich
dichthalte."
Die Blicke der Kärntner begegneten sich. „Solange du
dichthältst, ja."
„Ich war pünktlich auf der Post. Dein Klagenfurter Kollege
hat das Fax geschickt. Ich hab's gelesen, weil du es mir nicht
verboten hast. Die namenlose Frau ist angeblich ziemlich
sauer auf ihren untergetauchten Gatten. Sie muss für ihren
Lebensunterhalt in einer bescheidenen Stellung arbeiten."
Damit schlüpfte der kleine Detektiv aus dem Wagen.
Fuchs las die paar Zeilen selbst, bog auf den Gürtel und lenkte
den Mercedes Richtung Graz.

Als Breuer aufgeflogen war, hatte seine Frau wochenlang
seine Unschuld beteuert, bis sie begriffen hatte, wen sie da
eigentlich unterstützte. Danach waren rasch der finanzielle
Zusammenbruch und der Wechsel in ein ihr völlig
unbekanntes Leben gefolgt. Heute arbeitete sie im Lager eines

kleinen Maschinenherstellers in Graz. Ihre Mittagspause verbrachte sie in einem nahen Park, bei Regen bot ein offener Pavillon Schutz. Sie wollte den Chefinspektor lieber dort treffen als in der Firma. So brauchte sie keine wertvolle Arbeitszeit zu vergeuden und sich nicht der allgemeinen Neugier auszusetzen.

Dank Navi fand Fuchs den Ort auf Anhieb. Sie saß schon auf einer Bank, ein Jausenbrot in der Hand. Die ehemals platinblonde Dauerwelle war einem strohfarbenen Kurzschnitt gewichen, die Markenkleider einer fleckigen blauen Arbeitsmontur. Nichts an ihr erinnerte mehr an die vernachlässigte, aber im Wohlstand lebende Unternehmergattin.

Sie stand nicht auf und gab ihm auch nicht die Hand. Sie fragte nur: „Sind Sie dem Dreckskerl auf der Spur?"

Er setzte sich neben sie. „Möglich. Ich möchte, dass Sie sich ein paar Fotos ansehen."

„Das ist mein Beruf", sagte sie voll sprödem Spott. „Ich betreue die Kleinteile. Ein Job für Hochqualifizierte. Damit die ihn bewältigen, kleben auf jeder Box genaue Abbildungen."

Vor ihnen stand ein roher Holztisch. Zunächst legte Fuchs eine Reihe von Rückenaufnahmen aus dem Video auf. Er hatte sie so bearbeiten lassen, dass nicht mehr klar hervorging, womit die zugehörigen Männer sich gerade beschäftigten. Frau Breuer betrachtete sie genau, dabei unentwegt ihr Brot kauend. Dann tippte sie auf eines.

„Das ist er."

„Sicher?"

„Ganz sicher. Der Dreckskerl litt jahrelang unter Verspannungen und Schmerzen. Ich habe ihn täglich mit allem möglichen Zeug eingerieben und massiert. Damit er sich auswärts austoben konnte."

Der Chefinspektor markierte das Bild, sammelte die Rücken ein und legte mehr oder minder gelungene Porträts auf, die Penta ihm besorgt hatte. Seine neuen Bekannten aus Kays

Net, aber auch die Obersten Krainer und Nemeth, Melitta, die Mohrs, Starhovsky und einige andere. Diesmal benötigte sie mehr Zeit und kam zu keinem Ergebnis.

„Ich nenne Ihnen noch ein paar Namen", sagte er. „Vielleicht hilft das weiter." Mithilfe der Fotos, aber nicht in deren Reihenfolge, nannte er Namen um Namen und ließ ihr jeweils Zeit, darüber nachzudenken.

Nur bei Mona Mohr fragte sie spontan: „Die verunglückte Schauspielerin?"

Bei den meisten anderen zögerte sie, dachte nach, schüttelte den Kopf oder zuckte die Achseln.

„Es tut mir leid", meinte sie zuletzt. „Ich habe kein gutes Gedächtnis dafür. Der Dreckskerl hat so viele Leute gekannt, dass mir fast jeder Name ein bisschen vertraut ist. Aber dann kann ich doch keine bestimmte Person damit verbinden, und ich frage mich, ob der eine oder andere nicht nur so ähnlich klang."

Das Brot war längst verzehrt, sie blickte auf die Uhr.

„Ich habe nur mehr ein paar Minuten. Hier achtet man sehr auf Pünktlichkeit."

Fuchs packte seine Bilder ein. „Sie haben mir geholfen. Danke."

Jetzt gab sie ihm die Hand. Sie war rauer und härter geworden, so wie ihre gesamte Persönlichkeit. Fuchs dachte, sie wollte noch etwas sagen, doch sie drehte sich nur um und ging.

Er schlenderte zum Mercedes und fuhr zurück nach Wien. Immerhin gab es neben dem Fingerabdruck nun eine zweite Bestätigung für Breuers Rückkehr. Sie mussten die anderen Harlekine enttarnen, bevor sie wie Velik schweigend im Leichenschauhaus lagen.

25

Zwei Stunden zuvor, an einem freundlichen Sommervormittag in Klagenfurt. Es waren kaum Leute auf der Straße. Wer arbeiten musste, saß in Büros oder verkaufte in Geschäften, die anderen hockten in Cafés oder am Wörthersee.

Zur selben Zeit, als der Chefinspektor im gemieteten Mercedes über die Südautobahn Richtung Graz glitt, verließ Samantha das Appartementhaus und drängte sich durch eine Horde lachender Nachwuchsfußballer zu ihrem Cabrio. Sie lenkte es zum Sankt Veiter Ring, wo im großen Parkhaus jede Menge Plätze frei waren. Sie fuhr bis in die dritte Etage. Hinter ihr hielt ein großer Van, ein hässlicher, aber gut gekleideter Mann stieg aus.

„Entschuldigen Sie", sagte er höflich. „Ihnen ist auf der Rampe ein Teil abgebrochen. Haben Sie nichts bemerkt?"

Sie schüttelte den Kopf. Er bückte sich hinter das Heck des Cabrios, um nachzusehen, und Sam bückte sich ebenfalls. Im nächsten Moment erhielt sie einen Schlag auf den Kopf. Der Van mit Wiener Kennzeichen deckte den Überfall perfekt ab, eine Seitentür öffnete sich und die bewusstlose Samantha wurde in den Wagen gezogen. Alles in allem eine Sache von nicht einmal einer Minute.

Maria, Fuchs' Exfrau, befand sich auf dem Weg in die Arbeit, als ein freundlicher Herr sie nach der Strudlhofstiege fragte. Maria war genervt. Wie konnten Leute ohne Ortskenntnis und Plan durch die Gegend laufen und einfach andere Menschen mit ihren Problemen belästigen? Gehörte sich das etwa? Andererseits wusste sie genau, wie man zur Strudlhofstiege gelangte, und dieses Wissen nicht zu teilen, kam ebenfalls nicht infrage. Merklich ungehalten drehte sie sich zur Seite, um ihren Vortrag zu beginnen.

„Sehen Sie bitte her", sagte der Mann und lächelte.

Sie blickte ihn an. Er lüftete einen Flügel seiner Jacke, um ihr eine große schwarze Pistole zu zeigen, die er direkt auf ihre

Mitte gerichtet hielt. Sie hatte sich schon vor der Waffe ihres Ex gefürchtet.

„Sprechen Sie kein Wort", sagte der Mann. „Steigen Sie in den Wagen, dessen Tür sich gerade eben öffnet. Wenn Sie es nicht tun, drücke ich ab."

Er wirkte völlig entspannt. Maria zweifelte keine Sekunde daran, dass er schießen würde. Sie stieg in den Wagen.

26

Am frühen Nachmittag gab Fuchs den Mercedes zurück. Die zweite oder dritte Hitzewelle des Sommers legte eine Pause ein. Die Temperatur sank unter dreißig Grad, schwere, dunkle Wolken schoben sich träge über die Stadt, brachten aber keine Erleichterung. Die Glut der vergangenen Tage wich einer drückenden Schwüle, die jeden kurzen Gang mit Schweißausbrüchen bestrafte.

Dem Chefinspektor klebte das Hemd am Körper. Er war gereizt und sehnte sich nach einem Regenguss, der für Abkühlung sorgen würde. Doch außer gelegentlichem Wetterleuchten am Horizont geschah nichts.

Im Präsidium unterrichtete er Krainer, Klug und Prohaska über die Identifizierung eines Rückens. Speziell bei Klug überwog die Skepsis. Was sollte man auch von einem Kärntner Bullen halten, der mit solchen Methoden daherkam?

Zurück im Regina, kontrollierte der Chefinspektor seine Kontrolleure, indem er Smartphonefotos mit dem Istzustand seines Kastens verglich. Diesmal stellte er keine Veränderung fest. Vielleicht wurden sie es müde. Die Schaben im Präsidium, weil sie ihn nicht mehr ernst nahmen, Breuer, aus welchem Grund immer. Oder sie hatten nach Bikas Attacke auf die Hose ihres Spitzels kapiert, dass er von der Überwachung wusste – und waren zu der Einsicht gelangt, dass dies auch für ihre Wanzen galt.

Fuchs duschte, zog sich um und beschloss, sich ein Taxi mit Klimaanlage zu gönnen, um etwas länger frisch zu bleiben. Natürlich war keines frei und binnen Minuten fühlte er sich feucht und klebrig wie zuvor. Am liebsten hätte er sich sofort wieder in die Dusche zurückgezogen und dort den Rest des Abends verbracht; er verfluchte Starhovsky, der ihm geraten hatte, heute unbedingt Kays Net aufzusuchen.

„Weshalb?", hatte er gefragt und der alte Detektiv hatte geantwortet:

„Kay hat eine Überraschung angekündigt."

„Wollte er, dass Sie mir das mitteilen?"
Der Detektiv hatte in dieser altadeligen Art gelacht, die jedem
Stammbaum unter einem halben Jahrtausend sein
Leichtgewicht peinlich bewusst machte. Doch der
Chefinspektor scherte sich nicht um Stammbäume.
„Sollten Sie es ausrichten?"
„Ich bin nicht Kays Bote, mein Lieber. Ich erzähle Ihnen nur
davon. Halten Sie es damit, wie es Ihnen beliebt."
Nun verfluchte Fuchs auch sich selbst, weil er dennoch ging.
Er schickte eine SMS an Penta, die sofort bestätigt wurde,
eine an Sam, die sich bereits den ganzen Tag nicht gerührt
hatte und eine an Lacher, dem er ein weiteres Fax geschickt
hatte.
Beim Vorübergehen erahnte er Penta in einem Hauseingang
mehr, als er ihn tatsächlich sah. Und er erahnte ihn nur, weil
er ihn dort vermutet hatte.

Nichts in Kays Net wies auf den Tod von Melitta hin. Nicht
die Empfangsprofis, nicht die Serviererinnen am Büfett und
schon gar nicht die gemischte Gästeschar. Hatte er es anders
erwartet? Das wäre zu naiv gewesen.
Am Büfett fühlte er sich schuldig, weil er nun ohne Melitta
zurechtkam. Hasi leistete ihm Gesellschaft beim Imbiss und
verschwand wieder. Die Routine von Kays Net hatte Fuchs
schon so fest im Griff, dass er automatisch von einer Plauderei
zur nächsten gelangte. Dabei wollte er nur Starhovsky treffen,
um zu fragen, was nun Großartiges bevorstünde. Aber der alte
Detektiv tauchte nicht auf.
Fuchs trank hier einen Schluck und dort ein Gläschen, der
Bezirksrat nötigte ihn mit verschwörerischem Zwinkern zu
einem Bier. In der Raucheretage rauchte er, vermisste die F
mit ihren Champagnerballaden und bekam langsam einen
Schwips. Trieb er mit dieser träge feiernden Masse direkt auf
Stromschnellen und Wasserfälle zu?
Breuer gehörte zu den Harlekinen. Die Bande hatte ein Kind
erschossen, um junge Frauen zur Teilnahme an Sexpartys zu

zwingen. Doch das war nicht alles. Sie hatten einen der ihren ermordet, gemeinschaftlich hingerichtet. War er zur Gefahr geworden? Und weshalb musste die Serviererin sterben? Was war mit dem Fingerabdruck, diesem sorgfältig platzierten Print, der alles erst mit dem flüchtigen Mörder Breuer verknüpfte und der ihn, Breuers Verfolger, in die Hauptstadt geführt hatte?

„Hier stecken Sie!", sagte Hasi und brachte den obligaten Burgunder mit. „Kay ist schon ganz wild darauf, Ihnen etwas zu zeigen. Aber natürlich kann er das nicht so direkt zum Ausdruck bringen. Deshalb lassen wir ihn ruhig ein bisschen schmoren." Er kicherte in sich hinein wie über einen besonders gut gelungenen Scherz, den nur er allein verstand. Fuchs nippte am Burgunder.

27

Die Wohnung im fünften Stock bot einen netten Ausblick über die angrenzenden Straßen, Parkplätze, einen kleinen Park und die niedrigeren Gebäude. Der Mann, der sich hier ohne Wissen der verreisten Besitzer eingenistet hatte, war nur an einem kleinen Ausschnitt davon interessiert. An einem Eingang in ein öffentliches Klagenfurter Gebäude. Er hatte es sich bequem gemacht, einen Esstisch zweckentfremdet, eine Matratze daraufgelegt, ein Fenster geöffnet und den Store zugezogen bis auf einen schmalen Spalt. Die Mündung seiner Waffe verbarg sich dahinter.

Der Mann lag entspannt auf dem Bauch. Als sein Handy den Eingang einer SMS anzeigte, las er sie zunächst nicht einmal, so sicher war er sich ihres Inhalts. Dann trieb ihn sein Pflichtgefühl doch dazu, sie zu öffnen. Die Nachricht bestand aus einem einzigen Sonderzeichen, einer schließenden spitzen Klammer. Viele betrachten sie als Pfeil. Er grinste matt.

Chefinspektor Lacher beendete die Arbeit, die ihm das letzte Fax aus Wien aufgebürdet hatte. Das heißt, er beendete sie nicht im Sinn von Erledigen, er stellte sie für heute ein. Er freute sich auf einen romantischen Abend mit seiner Frau Maja. Auf Majas Krebssuppe. Er konnte der schwedischen Küche nicht viel abgewinnen, aber für Majas Krebssuppe würde er sterben. Und Krebssuppe führte unweigerlich zu romantischen Abenden. Er nickte dem Wachebeamten zu und verließ das LKA. Auf der anderen Straßenseite stöckelte eine junge Frau im extrakurzen Sommerkleid vorüber. Sie beherrschte ihre High Heels noch nicht richtig. Daraus ergab sich eine Abfolge interessanter ungewollter Bewegungen, in denen ihre hübschen Schenkel und ihr Hintern eine Hauptrolle spielten. Lacher konnte nicht anders als den Kopf drehen. Genau in diesem Augenblick traf ihn aus dem Nichts ein schrecklicher Schlag, der Chefinspektor versank in Schwärze.

Die kleine Drehung hatte bewirkt, dass die Kugel nicht in seinen Schädel schlug, sondern nur eine tiefe Furche über seinem linken Ohr zog; den Knochen ankratzte, aber nicht zerschmetterte. Die Wucht reichte dennoch aus, um ihn zu Boden zu strecken und den Schützen glauben zu lassen, er habe sein Ziel erreicht.

Als Lacher niederstürzte, klang es wie das Fallen eines schweren Sacks. Die junge Frau wandte sich erschreckt um, knickte dabei einen Stöckel ab, verlor das Gleichgewicht und fiel ebenfalls. Der Wachebeamte, der alles beobachtet hatte, dachte zunächst, sie sei auch getroffen worden – wovon auch immer, denn es war kein Knall zu hören gewesen. Doch sie rappelte sich gleich wieder auf. Im Knien sah sie zu Lacher und erstarrte. Dann schrie sie. Der Beamte sah den roten Fleck, der sich neben dem Chefinspektor ausbreitete. Ohne zu zögern, rannte er ins Freie. Er war noch sehr jung. Entsetzt betrachtete er die längliche Wunde, aus der das Blut in breitem Strom hervorquoll. So gut es ging, hielt er es zurück, indem er eine Hand daraufpresste. Mit der anderen tastete er nach seinem Funkgerät und gab Alarm. Danach riss er sich die Uniformjacke vom Leib und drückte sie gegen den Schädel des Chefinspektors.

28

Kay und Hasi führten Fuchs in einen Raum, den er noch nicht kannte. Er enthielt nicht viel mehr als eine Staffelei, auf der ein gerahmtes Ölbild thronte, einen kleinen Stehtisch, einen Weinkühler und drei Gläser.

„Was sagen Sie dazu?", meinte Kay beiläufig. „Ich konnte es erst gestern erwerben."

Ein Kribbeln breitete sich von Fuchs' Nacken über seine Schultern aus. War das etwa die von Starhovsky angekündigte Überraschung? Ohne ihn, der von Kunst keine Ahnung hatte, darauf vorzubereiten? Stumm, aber inbrünstig beschimpfte er den Detektiv.

„Beeindruckend. Sehr beeindruckend", murmelte er.

Hasis iPhone summte einmal. Er blickte nur kurz und abwesend auf das Display, ehe er rief: „Wenn wir das nicht feiern müssen!"

Schon hielten sie Gläser in den Händen, stießen an, tranken.

Ein vages Unbehagen, das er nicht einzuordnen vermochte, befiel den Chefinspektor.

Die Sache mit dem Bild war ihm unangenehm. Kay erwartete offensichtlich Fragen, Zustimmung, was auch immer. Sein Gehirn suchte verzweifelt danach, fand aber nichts, was nicht noch peinlicher gewesen wäre als sein Schweigen. Also gratulierte er, stieß abermals an, trank. Sein Unbehagen verstärkte sich, obwohl ihm die Peinlichkeit mittlerweile gleichgültig wurde. Er war eben Bulle, kein Kunstexperte, na und?

Sein Smartphone meldete sich. Er zog es heraus. Sein Klagenfurter Chef Oberst Prettner. Was wollte der denn? „Ja?"

„Auf Lacher wurde geschossen! Direkt vor dem LKA."

Ein Schwindel erfasste den Chefinspektor. „Ist er …?"

„Ich weiß nicht. Die Rettung ist gerade davongerast."

„Ich komme", sagte Fuchs. „So schnell wie möglich."

Jedes Wort hallte in seinem Kopf wider und vervielfachte sich. Der Schwindel zwang ihn, eine Hand auf den Stehtisch zu legen. Er sah die Gesichter von Hasi und Kay. Sie grinsten ihn an. Sie hatten wohl nicht verstanden. Er versuchte zu erklären, was geschehen war, doch seine Zunge gehorchte ihm nicht mehr. Ihr Grinsen wurde breiter, ihre Gesichter verzerrten und veränderten sich. Die Farben im Ölbild wogten hoch und drohten den Raum zu verschlingen. Er begriff. In den Farben wirbelten Töne. Mit letzter Kraft fing er sie ein und setzte sie zusammen.

„Also los!", sagte Kay. Oder Hasi. Oder beide.

29

Die Rückkehr zum Bewusstsein führte über komplizierte
Gedankenfragmente, die keinen Sinn ergaben. Oder nur einen
halben Sinn wie: Mein linkes Bein muss kürzer sein, weil ich
mit durchgestreckten Knien auf verschieden hohen Stufen
stehe. Verwirrend wie alle Träume, denen man nicht traut, aus
denen es aber kein Entkommen gibt.
Schlimmer war das Pochen im Kopf. Man wurde nicht
eingelassen, man konnte nicht öffnen, es schmerzte und man
kam auch nicht hinaus. Endlich entdeckte Fuchs in einem
schwebenden Spiegel seinen Namen, die Ich-Funktion. Das
war das Schlüsselwort, nun ging alles schnell. Er öffnete die
Augen.
Er schloss und öffnete sie erneut. Die Erinnerung an die
Nachricht vom Attentat auf Lacher ließ sie ihn wieder
schließen. Doch im nächsten Moment riss er sie abermals auf.
Er befand sich in einem Raum mit Samantha und Maria.
Es handelte sich um ein sehr altes, rau verputztes Gewölbe,
erleuchtet von einer blanken Glühbirne, die von der Decke
hing. Samantha und Maria saßen ihm gegenüber, bekleidet
lediglich mit kurzen weißen Krankenhaushemden.
Feingliedrige Eisenketten fesselten ihre Arme und Beine an
Stühle, die grob aus grauen Vierkanteisen
zusammengeschweißt waren. Fuchs wunderte sich über die
Eisenketten im Zeitalter der Power-Klebebänder. Solche
Bänder versiegelten allerdings ihre Münder und in ihren
Ohren steckten Wattepfropfen. Sie sahen unverletzt aus.
Beide starrten ihn an. In Samanthas Augen glaubte er
Erleichterung zu lesen, in Marias nur einen einzigen, großen
Vorwurf. Er selbst war mit Gurten auf seinem Sessel
festgeschnallt, ebenfalls ein Eisensessel. Sogar um seine Stirn
führte ein Gurt und presste den Kopf schmerzhaft fest nach
hinten. Die rechte Hand verfügte über etwas
Bewegungsfreiheit, gewiss, um den Joystick bedienen zu
können, der davor befestigt war.

John Kay betrat lächelnd den Raum. Er zog einen Drehsessel heran und setzte sich zwischen die klobigen Eisenkonstruktionen wie ein Spätankömmling zu einer geselligen Runde. Er wandte sich an Fuchs.

„Sie haben Kopfschmerzen, nehme ich an. Das ist die typische Nachwirkung einer hohen Dosis Lucy – und eines Klapses auf das Haupt. Es wird nicht allzu schlimm sein, Hasi ist darin ein wahrer Meister. Sie trauten ihm doch nicht, oder?"

„Nein", erwiderte Fuchs mit belegter Stimme. „Sie sind Breuer. Wer ist Lucy?"

Kay lachte leise, fast zärtlich. „Ein Kosename für einen unwiderstehlichen Glücksbringer. Junkies lieben sie. Sie finanziert einen guten Teil meines Aufwands."

„Hat Mona Mohr mit ihrem Likör auch Lucy geschluckt?"

„Nein, das war Ken. Wenn Sie Hemmungen abbauen wollen, ist Ken ein echter Hammer." Er blickte versonnen auf die Spitze seines Schuhs. „Ich habe es an einem Arzt meines Vertrauens getestet. Einem Burschen, dem schwindlig wurde, wenn er von einem Barhocker auf den Boden sah. Bereits in nüchternem Zustand. Mit Ken ist er einen Extremklettersteig im Salzkammergut hochgeturnt wie ein Wiesel. Ohne Sicherung. Nach achtzig Metern ging ihm die Luft aus. Dann verlor Ken seine Wirkung. Ich gab ihm nur eine kleine Dosis."

„Was hatte er Ihnen getan?"

Der versonnene Blick hob sich zu Fuchs' Augen. „Das gehört nicht hierher."

„Wie haben Sie Starhovsky dazu gebracht, Sie als heimgekehrten Keitl wiederzuerkennen?"

„Der arme Graf war finanziell am Ende. Ich habe ihm ein großzügiges Darlehen gewährt, um seine Erinnerungen in die richtigen Bahnen zu lenken. Er war sogar so nett, der kleinen Mohr eine Knarre anzuvertrauen. Zu ihrem Schutz."

„Sie hat sie abgefeuert und danebengeschossen. Warum kein zweiter Versuch?"

„Ausfluss ihrer Künstlerseele, nehme ich an. Sie erkennt
Velik in dem Video, stellt ihn natürlich zur Rede, schüttet den
Likör runter, den er ihr automatisch serviert – von Ken wusste
er ja nichts –, zückt dramatisch den kleinen Kracher, verfehlt
Velik, vermutlich absichtlich, und braust davon. Großes
Theater. Sie war Darstellerin, Regisseurin und Publikum in
einem. Mag der Anlass noch so verletzend sein, wenn man
eine große Szene daraus machen kann …"
„Was ist mit Ihrem Original passiert, mit Hans Keitl, der im
Ausland sein Glück suchte?"
Kays Gesicht übte eine seltsame Faszination auf den
Chefinspektor aus: Es war einfach nur normal. Keine
pulsierenden Adern, keine krankhaften Veränderungen der
Gesichtsfarbe, schon gar kein aus den Augen lodernder
Wahn – eine stinknormale Visage. Sie hätte in einen
Imkerverein ebenso gut gepasst wie ins Parlament oder in eine
Anwaltssozietät. Sympathische Lachfältchen bildeten sich in
den Augenwinkeln des Mehrfachmörders.
„Wissbegierig bis zur buchstäblich letzten Minute. Als
Wissenschaftler bewundere ich Sie. Zu Keitl: Sein Glück
währte nicht ewig. Sein Vermögen schlummert bei
verschiedenen Geldinstituten, die jahrzehntelang damit
arbeiten und es zuletzt einstreifen werden. So funktioniert das,
glaube ich. Doch sollten wir uns der Gegenwart zuwenden."
„Eines noch", sagte der Chefinspektor. „Haben Sie die Kleine
im Park erschossen – als ultimatives Druckmittel für Mona
Mohr und andere Frauen?"
Kay applaudierte leise. „Sie sind tatsächlich ein schlauer
Fuchs. Nein, Wobert hat geschossen. Domitian – Sie kennen
ihn als Bezirksrat Weidlinger – fotografierte. Sie sehen, ich
spreche völlig offen. Ohne Zweifel werden Sie daraus die
richtigen Schlüsse ziehen."
Für Fuchs gab es nur einen Schluss zu ziehen: Zeit gewinnen.
„Ihre Stimme klingt nicht mehr heiser. Wie haben Sie das
hinbekommen?"

Franz Breuer alias John Kay fühlte sich offensichtlich geschmeichelt.

„Der schwierigste Teil. Eine neue Augenfarbe, Augenschnitt, Gesichtszüge, Bart, Frisur, drei Zentimeter Größenunterschied – Kleinigkeiten. Ständig gleichmäßig die Stimme zu verstellen, ist dagegen fast unmöglich. Ich habe zu diesem Zweck einen Spray entwickelt. In Umkehrung medizinischer Zielsetzungen nicht gegen, sondern für Heiserkeit. Auf Dauer eher schmerzhaft."

„Ist Hasi Ihr Geschäftsführer in Sachen Drogen? Er besitzt da ja Erfahrung."

Kays Selbstgefälligkeit bröckelte ab, sein Lächeln wurde dünn und schneidend.

„Ich verstehe Ihre Intention, Chefinspektor. Natürlich. Jedes Wort bringt Sekunden. Doch nun muss ich Ihnen die aktuelle Versuchsanordnung erläutern."

Er stand auf und entfernte die Watte aus den Ohren der Frauen.

„Zum gesellschaftlichen Teil sind alle zugelassen. Zwei reizende Damen haben Sie an Ihrer Seite, beneidenswert. Ich bedaure zutiefst, dass im besten Fall nur eine davon den Raum lebend verlassen wird. Doch Sie können selbst entscheiden, welche es sein soll. Das finde ich großzügig." Mit der übertriebenen Gestik eines mittelmäßigen Fernsehmoderators unterstrich er seine Worte. „Die Sessel der Damen bestehen ebenso wie Ihrer aus massivem Eisen. Ich fürchte, sie sind nicht besonders bequem. Hier gilt leider: Form follows function. Ich habe die Damenstühle mit einer effizienten Heizung versehen, die ihre Tätigkeit aufnehmen wird, wenn ich den Raum verlasse. Ein Thermostat war im Preis leider nicht enthalten. Das heißt, die Temperatur des Eisens wird langsam, aber stetig ansteigen, die Stühle werden sich in eine Art Grill verwandeln. Damit dürften heftige Unannehmlichkeiten verbunden sein. Primär natürlich außerordentliche Schmerzen und, nicht zu vergessen, die

Geruchsbelästigung. Ich weiß nicht, wann der Tod eintreten wird."

Mit weißen Zähnen grinste er in die ebenso weißen Gesichter der Frauen. „Nun, jedenfalls handelt es sich um eine grausame Art zu sterben. Beinahe unzumutbar, finden Sie nicht? Deshalb habe ich einen humanen Ausweg vorgesehen. Hier kommen Sie ins Spiel, Fuchs. Sie haben den Joystick vor Ihrer Hand bemerkt. Ich sehe, Sie haben ihn noch nicht betätigt, sonst käme meine Erklärung zu spät. Er lässt sich nach rechts oder nach links drücken. In beiden Fällen wird die Heizung desjenigen Sessels abgeschaltet, in dessen Richtung Sie den Stick bewegen. Zugleich lösen Sie aber – wie soll ich es formulieren? – eine Nebenwirkung für den anderen Sessel aus. Sie setzen ihn sozusagen unter Strom. Der Strom, Starkstrom übrigens, durchfließt den Körper der betroffenen Dame. Sie können ihn nicht mehr stoppen. Wie schnell der Tod eintritt, lässt sich auch in diesem Fall nicht mit Sicherheit voraussagen. Allerdings wesentlich rascher als bei der Grillvariante, aber das wissen Sie selbst. Also: Stick nach rechts, Strom links beziehungsweise umgekehrt."

Er lächelte erneut.

„Vorausgesetzt, Sie vertrauen mir. Theoretisch könnte die Schaltung ja genau den gegenteiligen Effekt bewirken. Doch ich will Sie nicht verunsichern. Sie werden es darauf ankommen lassen müssen, denn ich glaube nicht, dass Sie zusehen können, wie Ihre ehemalige Frau und Ihre Lebensgefährtin langsam durchgebraten werden."

Er legte eine Pause ein.

„Ach ja, noch etwas. Der Stromtod trifft auch Sie. Es sei denn, Sie rühren den Stick *nicht* an. Uns liegt also zusätzlich eine hübsche psychologische Aufgabenstellung vor."

Er riss zuerst Sam, dann Maria mit einem groben Ruck das Klebeband vom Mund.

„Genug der Worte, wir beginnen."

Kay trat hinter die Stühle, unter ihnen leuchteten zwei rote Lämpchen auf. Die Heizungen begannen zu arbeiten. Er verbeugte sich mit einem Lächeln, das seine Genugtuung nicht verbarg, und verließ die makabre Bühne. Die Tür fiel hinter ihm ins Schloss. Sie waren allein.

Aus Marias Augen rollten Tränen.

Samanthas Stimme zitterte trotz ihrer Stärke.

„Was jetzt, Terry?"

Chefinspektor Fuchs überdachte seine vagen Ahnungen, Vorkehrungen und Hoffnungen. Das Vage daran drohte ihn zu übermannen, doch die roten Heizungslämpchen riefen ihn zur Ordnung.

„Seit wann seid ihr hier?"

„Ich bin vor einigen Stunden in einer fensterlosen Kammer erwacht", antwortete Sam, „neben Maria. Mit Kabelbindern um Hände und Füße. Ich weiß nicht, wie lange wir schon dort lagen. Dann kamen zwei maskierte Typen, schleppten uns hierher, zogen uns aus und diese Fetzen an und schnallten uns fest. Nach einer knappen Stunde schleiften dieser Kay und ein kleiner Dicker dich rein. Was ein paar Minuten später passierte, weißt du selbst."

Der Chefinspektor dachte an das Attentat auf Lacher, den Kays Rache bereits ereilt hatte, behielt das aber für sich.

„Merkt ihr schon etwas?"

Sam probierte ein Grinsen. „Kalt ist mir nicht mehr. Hoffentlich steht er auf Niedertemperatur-Garen."

Maria schluchzte auf.

„Seid jetzt leise", forderte Fuchs. „Konzentriert euch auf jedes Geräusch. Vielleicht ist es nur ein Bluff. Vielleicht kommt Hilfe."

„Es ist kein Bluff", wimmerte Maria. „Ich spüre es."

„Pst", machte Samantha.

Die Minuten verstrichen.

„Ruhig atmen", mahnte Fuchs. „Ruhig atmen. Sie werden kommen."

Die Frauen vor ihm waren schon in Schweiß gebadet.

„Es tut noch nicht weh", sagte Samantha schließlich. „Aber es fehlt nicht mehr viel."

Marias Gesicht verzerrte sich in Erwartung eines unvorstellbaren Schmerzes.

„Sie rösten uns", schluchzte sie. „Mein Gott, sie rösten uns bei lebendigem Leib."

„Der meint es ernst, nicht wahr?", fragte Sam.

„Ja", erwiderte Fuchs. „Ihr müsst durchhalten, bitte!"

„Warte nicht zu lang mit deiner Entscheidung!", rief Maria mit steigender Panik. „Sonst hat keine mehr etwas davon!"

Fuchs lauschte mit höchster Anspannung. Nie zuvor hatte er seinen Hörsinn so angestrengt. Waren da Geräusche außerhalb ihrer Todeszelle?

„Ruhe!", befahl er und Marias leises Stöhnen verstummte. Nun horchten alle und starrten wie gebannt zur Tür. Plötzlich näherten sich Schritte. Draußen rannte jemand – und er rannte vorbei. Erneut schluchzte Maria auf.

„Sei still", bat Samantha. „Wenn einer hier unten zu laufen beginnt, dann hat das etwas zu bedeuten."

„Sie kommen zu spät", jammerte Maria, „ich halte es nicht mehr aus."

„Wie schlimm ist es?", fragte Fuchs in Richtung Sam.

„Es geht noch", erwiderte sie tapfer. „Die Angst macht es schlimmer."

Wieder drangen Geräusche von außen zu ihnen, näher als zuvor.

„Ruft um Hilfe", ordnete Fuchs an und brüllte selbst mit aller Kraft: „Hierher! Hier sind wir!"

Samantha und Maria stimmten ein.

30

Seit Stunden beobachtete Penta Kays Palais. Fuchs war gegen
sieben hineingegangen und viele andere Leute nach ihm.
Langsam dimmte der anbrechende Abend das graue Licht des
Wolkenhimmels zu einem schwarzen Wolkenschwamm, die
Fenster des Palais schimmerten in hellem Gelb. Der Detektiv
stand in einem Hauseingang und niemand schenkte ihm die
geringste Beachtung. Es gab Typen, die lungerten nur fünf
Minuten an einer Stelle und wurden schon misstrauisch
beäugt. Penta konnte stundenlang herumhängen und wurde
nicht einmal bemerkt. Allerdings stammte er auch aus einem
Nest in Kärnten, maß nur einen Meter einundsechzig, war
Sachensammler und hatte nicht das geringste Problem damit,
sich unsichtbar zu machen.
Alle dreißig Sekunden, pünktlich wie ein Metronom in
Zeitlupe, warf er einen Blick auf die Handyortung. Fuchs'
Handy war aktiv, er trieb sich im Palais herum. Das war auch
noch um 21:26 Uhr so. Eine halbe Minute danach nicht mehr.
Penta wartete auf ein Signal seiner Freundin.

Tief unter Kays Net war die schwarz verhüllte Bika kaum
mehr als ein Schatten in finstrer Nacht, als die
undurchdringliche Stahltür aufflog und Absätze die
Wendeltreppe herabklapperten. Sie klapperten hart, weil zwei
Männer einen dritten trugen. Sie sah die Gruppe im Schein
ihrer eigenen Lampen. Sie beobachtete, wen die Kerle
schleppten, wie sie in den Gang des Gebets bogen, wie von
oben eine Treppe herabsank und sie den bewusstlosen oder
schon toten Fuchs-Mann hinauftrugen. Ihr Stilett fieberte in
ihren Fingern, doch geausmacht war geausmacht, dachte sie.

Einheimische und Touristen blickten verwundert um sich, als
glockenähnliche Töne nicht wie gewohnt von himmelhohen
Türmen herab, sondern – man empfand es so – von unten an
ihr Ohr drangen. Einmal lang, zweimal schneller, dreimal sehr

schnell. Penta erkannte den Klang eines Kanaldeckels, er verstand als Einziger. Er wählte die Nummer, die Fuchs ihm gegeben hatte.

„Krainer."

„Sie haben ihn. Wir wissen, wo."

Die Typen vom Einsatzkommando fühlten sich wie in einer anderen Welt. Es lag nicht daran, dass sie sich wie Ratten durch Höhlen drängten, anstatt an Seilen hängend durch Fenster zu fliegen, denn die Vorgangsweisen der Ratten trainierten sie natürlich auch. Es lag daran, dass an ihrer Spitze ein hinkender Granitoberst, ein kleiner Detektiv und eine winzige Schattenfrau marschierten. Die Schattenfrau fand zielsicher einen Punkt an der Wand, der eine Klappe in der Decke des Gangs öffnete und eine Treppe herabließ. Und gegen jede Regel huschte sie noch vor dem Einsatzkommando hinauf.

Hooi war eben dabei, einen in gefährlichem Rot markierten Hebel umzulegen, als Bika ihn ansprang. Mit aller Erfahrung der Straße brach er ihr zwei Zähne und den linken Arm. Dann lag er vor ihr, kraftlos, beinahe schon leblos.

„Heißer Feger, was?", hauchte er.

„Du weg feg", flüsterte Bika in sein Ohr, wischte ihr blutiges Stilett an seiner Wange ab und verschwand so schnell, wie sie über ihn gekommen war.

Die schwarzen Elitebullen waren nicht nur gekleidet wie menschenähnliche Roboter, sie arbeiteten sich auch in der Manier von Robotern voran. Methodisch und berechnend – und allzu langsam für Leute, die auf heißen Stühlen saßen. Deren Hilferufe waren in dem Trubel kaum vernehmbar. Geführt von Bika, die ihren Arm in aller Eile mithilfe ihres Halstuchs und eines abgebrochenen Besenstiels, der achtlos beiseitegeworfen worden war, notdürftig selbst geschient hatte, erreichte Penta das Gewölbe der Gefangenen lange vor den anderen. Als sie Samantha und Maria von ihren Fesseln befreiten, befanden sich die Eisensessel schon an der Schwelle

von sehr warm zu heiß. Dann wandten sie sich Fuchs'
elektrischem Stuhl zu.

„Rührt bloß nicht diesen Spielzeughebel an!", befahl der.
„Das könnte eine Menge Energie verschwenden."
Sam und Maria hielten einander im Arm, die Eisen hatten
breite gerötete Streifen auf Schenkeln und Rücken
hinterlassen, die durch die hinten offenen Kittel zu sehen
waren.

Für jemanden mit einem notdürftig versorgten Bruch
amüsierte sich Bika hervorragend. „Rot Zabres", kicherte sie.
„Zebras", besserte Fuchs aus und stürmte hinaus, sowie seine
Gurte gelöst waren. Oberst Krainer lehnte an einer Wand, um
sein Knie zu entlasten.

„Sie leben noch."

Seinem Tonfall ließ sich nicht entnehmen, ob ihn dieser
Umstand überraschte – angenehm oder unangenehm.

„Wobert und Weidlinger sind zwei der Harlekine", meldete
Fuchs. „Haben Ihre Leute Breuer – John Kay – erwischt?"
„Nein. Wann haben Sie ihn zuletzt gesehen?"
„Vor etwa einer Viertelstunde." Die längsten fünfzehn
Minuten seines Lebens.

„Das ist eine Dachsburg. Wir werden mit Sicherheit noch
andere Ausgänge finden."

Der Chefinspektor warf einen Blick auf Hasi, der mit
sibirischen Bären fertig geworden war, aber nicht mit einer
tschetschenischen Kriegerin, die kleiner war als er und nur
halb so viel wog.

„Ihr Klagenfurter Kollege ist außer Gefahr. Die Kugel hat
seinen Schädelknochen nur gestreift. Viel Blut, wenig
Schaden", teilte Oberst Krainer mit.

Fuchs atmete tief durch. „Danke."

Er sah nochmals zu Hasi, zuckte die Achseln und kehrte in
das Gewölbe zurück. Maria saß in Breuers Stuhl, Sam stand
hinter ihr, die Hände auf ihren Schultern. Penta, blasser als
seine verletzte Freundin, betastete mit seinem Zeigefinger,
den Bika führte wie einen Stift, ihre gebrochenen Zähne.

„Ich gemacht eure Arbeit", sagte Bika. „Ihr bezahlen Neuzähne."

„Ja", sagte Fuchs.

Das Aufräumen begann und irgendwann stellte er die Frage, die er stellen musste: „Haben sie euch – abgesehen von der Entführung – etwas angetan?"

Sam antwortete in wegwerfendem Tonfall: „Sie haben ihre Hände nicht unter Kontrolle halten können, mehr nicht."

Maria nahm es nicht so gelassen. „Die Schweine berührten mich", schnaubte sie. „Sehr intim, verstehst du?"

„Das tut mir leid", sagte Fuchs.

„Ha!", rief Maria. „Es tut ihm leid. Wie finde ich denn das?"

„Es tut mir wirklich leid", wiederholte Fuchs. „Ihr habt trotz allem Glück gehabt. Diese Typen töten Unbeteiligte so gedankenlos wie Fliegen. Denen bedeutet eine Vergewaltigung mehr oder weniger gar nichts."

Sam massierte Marlas Schultern. Oder hielt sie daran fest.

„Als sie uns auszogen, habe ich damit gerechnet", bemerkte sie trocken. „Es schien ihnen nicht die Lust zu fehlen, nur die Zeit."

Ein Angehöriger des Einsatzkommandos brachte ein Kleiderbündel. „Die lagen in einem der Räume. Gehören sie Ihnen?"

Die Frauen nahmen sie ihm ab. Samantha entledigte sich so rasch ihres Hemdes, dass der Beamte eben noch das Gesicht abwenden und hastig das Zimmer verlassen konnte.

„Männer", sagte sie belustigt. „Die einen können nicht genug sehen, die anderen flüchten, statt die Gelegenheit zu einem Blick zu nützen."

„Dreht euch um", forderte Maria.

Der Chefinspektor und Penta taten es. Prohaska steckte genau zum falschen Zeitpunkt den Kopf herein und entflammte prompt. Er zuckte zurück und sprach durch die offene Tür: „Wir haben etwas entdeckt, Chefinspektor, ein Labor."

Fuchs wandte sich an Penta. „Bring die drei in ein Krankenhaus und bleib bei ihnen. Lass niemanden außer den Ärzten an sie heran. Niemanden. Dein Chef steckt auch mit drin."

„Ich bleibe hier", entschied Samantha.

Maria baute sich vor ihrem Exmann auf und sagte: „Mehr fällt dir nicht ein, als uns ins Krankenhaus zu schicken? Du bist einfach unglaublich."

Bika kicherte. „Europäer. Komm, Penta-Mann und dummes Mädchen."

Maria schnaubte empört, dann folgte sie dem kleinen Detektiv.

„Ist sie wirklich dumm?", fragte Fuchs.

„Na ja. Sie lebt in ihrer Welt und die hat mit dem hier nichts zu tun", erklärte Sam.

Er küsste sie fest auf den Mund. „Geh mit den anderen. Ich komme nach."

Sie holte tief Luft zum absehbaren Widerspruch, sagte zu seiner Überraschung jedoch nur: „Okay, bis später."

Krainer sollte mit der Dachsburg recht behalten. Ein halbes Dutzend Kellergewölbe waren miteinander verbunden, zwei davon dienten als Drogenlabors. Vier eingeschüchterte Fachkräfte arbeiteten und schliefen hier, gehalten wie Sklaven. Es handelte sich um Asylwerber, die von den Kriminellen nach ihrer Qualifikation ausgesucht und einfach festgehalten worden waren. Sie gingen niemandem ab und sie waren es gewesen, deren Gebet Fuchs, Penta und Bika gehört hatten – wohl, während die Geheimtreppe kurz geöffnet war. Breuer hatte sich rechtzeitig durch einen der drei Ausgänge abgesetzt; ein Déjà-vu-Erlebnis für Fuchs. Würde der Mörder abermals entkommen?

In den frühen Morgenstunden brachte der Chefinspektor Sam vom Allgemeinen Krankenhaus ins Regina. Das ersehnte Gewitter war doch noch losgebrochen. Fuchs öffnete die

Fenster und sie betrachteten einige Minuten lang das
Schauspiel der Blitze, die die schlanken Türme der
Votivkirche für Zehntelsekunden den herabstürzenden
Wassermassen entrissen und als grellen, neugotischen
Scherenschnitt vor den schwarzen Himmel setzten. Dann zog
Sam ihn aufs Bett.

„Ich bin müde", murrte Fuchs.

„Dein Pech", erwiderte sie. „Ich nicht."

Plötzlich fiel ihm etwas ein. Er öffnete den Kasten und
betastete die Sakkos, dann kroch er mit einer kleinen
Taschenlampe zwischen den Zähnen unters Bett, um die
dortige Wanze zu entfernen. Sie war nicht mehr da. Auch die
in seinen Jacken fehlten. Die Schaben hatten sie wohl entfernt,
oder Hasi, oder beide. Er kroch wieder hervor und legte sich
zu Sam.

„Wird der kleine Terry pervers?", fragte sie belustigt. „Auch
gut."

31

Die nächtlichen Gewitter waren von einem trüben, wolkenverhangenen Tag abgelöst worden. Noch standen Pfützen auf Straßen und Gehsteigen, die Stadt präsentierte sich grau in grau.

Die polizeiliche Zwischenbilanz zu den Harlekinen wurde Fuchs am Vormittag durch Inspektor Prohaska dargelegt: Hasi und Velik tot, Wobert und Weidlinger auf dem Flughafen verhaftet, Breuer/Kay auf der Flucht. Also fehlte noch ein unidentifizierter Clown.

Wobert und Weidlinger bestritten den Mord an der kleinen Susi. Ihre Mitgliedschaft im Club der Harlekine gaben sie zähneknirschend zu, nachdem ihnen klar wurde, dass sie auch an Nacken, Schultern und Rücken eindeutige Merkmale zur Identifikation aufwiesen. Sie behaupteten, der Club sei vielleicht moralisch fragwürdig gewesen, strafrechtlich jedoch irrelevant. Niemand habe die Frauen erpresst. Das sechste Mitglied wollten sie nur unter seinem Pseudonym Galba gekannt haben. Die Morde an der Familie der Moderatorin Kerstin Bayer und an Velik seien von anderen begangen worden, damit hätten sie gar nichts zu tun. Warum sie sich dennoch absetzen wollten, erklärten sie nicht.

Die Untersuchung von Breuers Privaträumen in den oberen Etagen von Kays Net verlief ergebnislos, das Palais war sauber.

Am Vormittag sollte Starhovsky zu einer Befragung erscheinen, doch der alte Detektiv weigerte sich. Als zwei Beamte ihn zur Vorführung abholen wollten, presste er vor ihren Augen eine einhundertfünfzig Jahre alte Duellpistole gegen seine Schläfe und drückte ab.

„Kaliber siebzehn Millimeter", erklärte Penta betrübt. „Das war kein schöner Anblick."

„Was hat ihn dazu gebracht?", fragte Fuchs.

„Die Ehre. Jahrzehntelang sprachen Innenminister und Polizeipräsidenten wie selbstverständlich bei ihm vor. Und

nun sollte er plötzlich wie ein Kleinkrimineller in einem
Verhörraum Rede und Antwort stehen."

„So viel bedeutete ihm die Ehre auch nicht", meinte Fuchs
skeptisch. „Er hat sich von Breuer kaufen lassen."

„Das sollte in beider Interesse ein Geheimnis bleiben. Die
Alternative war ein öffentlicher Konkurs. Die jetzige
Entwicklung ließ ihm in seinen Augen keinen anderen
Ausweg."

„Was wirst du machen?", erkundigte sich der Chefinspektor
pragmatisch.

„Mir einen neuen Job suchen", lautete die nicht minder
pragmatische Antwort.

Minuten nach Pentas Besuch wirbelte Prohaska ins Büro.
Seine Stimme vibrierte vor Aufregung. „Letzte Meldung,
Chefinspektor: Es ist ein Hinweis aufgetaucht, dass Kay unter
falschem Namen eine Villa in Döbling besitzt. Ausgerechnet
dort ist im Garten ein Feuer ausgebrochen. Die Feuerwehr
wurde bereits verständigt."

„Dann beeilen wir uns!"

Diesmal zeigte Prohaska, was wirklich in ihm steckte. Mit
Sirene und Blaulicht jagte er das Einsatzfahrzeug so tollkühn
durch enge Gassen und schmale Lücken im Verkehr, dass
etlichen Fahrern und Passanten der Mund offen blieb. Der
Chefinspektor fühlte sich halb betäubt, weil er fast permanent
die Luft anhielt. Doch es ging gut. Die wilde Fahrt endete
nicht in einem gewaltigen Blechsalat, sondern hinter einem
Feuerwehrwagen, der vor einer beeindruckenden Villa in
einem riesigen Garten parkte. Ein paar Feuerwehrmänner
verlegten einen Schlauch, aber ohne Eile; ein dünner
Rauchfaden hinter dem Haus wies darauf hin, dass der Brand
bereits von selbst erloschen war.

„Die Leute sollen sich sofort zurückziehen", wies Fuchs den
Inspektor an. „Wenn sich Breuer da drinnen aufhält, weiß kein
Mensch, wozu er fähig ist."

In dem Moment kam ein weiteres Polizeiauto schlitternd zum Stehen. Nemeth, Klug und Dreier sprangen heraus. Der Oberst sah Fuchs und stürmte sofort auf ihn zu.

„Was haben Sie hier verloren?", brüllte er.

Im Chefinspektor brodelte es. „Ich habe einen Auftrag. Aber was hat die interne Aufsicht hier verloren?"

Klug und Dreier hielten Abstand, Nemeths Augen bildeten schmale Schlitze in einem hochroten Teiggesicht, seine Stimme wurde gefährlich ruhig.

„Das verrate ich Ihnen, Sie Superbulle aus der Provinz. Es besteht der dringende Verdacht, dass auch Exekutivbeamte in diese Affäre verwickelt sind – und zwar auf der falschen Seite. Ich persönlich bin überzeugt davon, dass gerade Sie sehr großen Erklärungsbedarf haben werden. Und jetzt stehen Sie mir nicht im Weg. Ich gehe mit meinen Leuten da rein."

„Ich komme mit", presste Fuchs hervor. Seine Wut, ein wilder Anfall von Schaben-Wut, nahm ihm fast den Atem.

„Kommt nicht infrage", zischte sein Kontrahent. „Als ranghöherer Offizier verbiete ich Ihnen, sich dem Haus auch nur zu nähern." Plötzlich hielt der Oberst eine Waffe in der Hand. Die Szene und alle Leute ringsum schienen mit einem Mal wie eingefroren.

„Wenn Sie nicht gehorchen, lasse ich Ihnen Handschellen anlegen und Sie im Wagen einschließen. Also?"

Vom Haus her, auf das niemand in diesen Sekunden geachtet hatte, drang die kühle Stimme Oberst Krainers in schneidendem Tonfall: „Du auch schon hier, Nemeth? Oder sollte ich Galba sagen?" Er winkte lässig mit einer Mappe. „Euer Boss war ein pingeliger Buchhalter. Die Staatsanwaltschaft braucht für die Anklage nur seine Akten zu kopieren."

Nemeth drehte sich und hob die Waffe. Fuchs trat mit aller Wucht gegen sein Handgelenk, die Pistole flog in hohem Bogen davon und zerbrach die Windschutzscheibe eines Autos.

„Nehmt den Drecksack fest", befahl Krainer und steckte sich einen Zigarillo an. „Kommen Sie, Fuchs."

Klug und Dreier traten hinter Galba, der wie gelähmt auf seine unnatürlich abgewinkelte Hand blickte.

Der Chefinspektor folgte der Aufforderung Krainers. „Sie sind ein ziemliches Risiko eingegangen", bemerkte er.

„Sehen Sie zum Fenster im ersten Stock", erwiderte der Oberst spöttisch.

Fuchs erkannte dort einen Gewehrlauf, der auf die Straße gerichtet war.

„Ein tüchtiger Kerl, mein persönlicher Sniper. Auf diese Distanz schießt er Ihnen eine Kugel direkt in den Lauf. Fast bedaure ich, dass Sie ihm mit Ihrer Reaktion zuvorgekommen sind."

„Wieso sind Sie schon hier?", erkundigte sich der Chefinspektor. „Wir haben auf der Fahrt jeden Rekord gebrochen."

„Manche Informationen erhalte ich früher als andere Leute."

„Sie sorgen dafür, dass die anderen sie später erhalten, nicht wahr?"

„Das läuft aufs Gleiche hinaus", meinte Krainer gelassen. „Gehen wir in den Garten."

In einem verkohlten Zierbecken schwelte ein Aschehaufen, einige Meter entfernt lagerten etliche leere Kanister. Sträucher waren an der dem Feuer zugekehrten Seite versengt, ein unangenehmer Geruch lag in der Luft.

„Was hat da gebrannt?"

„Das erfahren Sie drinnen."

Der Oberst hinkte voran. Sie überquerten eine breite, marmorgeflieste Terrasse und betraten die Villa durch weit geöffnete Glastüren. Ein Beamter in Schutzweste durchsuchte die Laden eines Schreibtisches, ein weiterer betätigte sich im Nebenraum, wo auf einem Stativ ein kleiner Camcorder thronte.

„Lassen Sie es nochmals laufen", forderte Krainer.

Der Mann drückte einige Male auf das ausklappbare Display und wandte sich wieder seiner Arbeit zu.

Fuchs verfolgte das Video. Zunächst war eindeutig Kay zu erkennen, angespannt und nervös. Er öffnete die Türen zur Terrasse, kehrte zum Apparat zurück, richtete ihn neu aus und verließ das Zimmer. Das hereinflutende Licht machte die folgenden Szenen verschwommen und überbelichtet. Der Camcorder stand zu tief im Raum, seine Automatik fokussierte auf das Türblatt, Vorhänge, Boden und Decke, nicht auf die Vorgänge im hellen Garten. Die Gestalt am Becken auf der Wiese war nicht mehr deutlich wahrzunehmen. Sie bückte sich und verschwand für Momente aus dem Blickfeld. Dann tauchte sie wieder auf und schien im Becken zu knien oder dahinter zu stehen, das ließ sich nicht genau ausmachen. Plötzlich schoss ein Glutball in die Höhe und eine Flammenwand versperrte die Sicht.

„Er hat sich selbst angezündet. Weshalb?"

„Ein paar gute Gründe finden Sie auf dem Tisch", erläuterte der Oberst.

Dort fand Fuchs das Gutachten eines Internisten, ausgestellt im vergangenen April für den Patienten John Kay. Die Diagnose lautete auf fortgeschrittenen Blutkrebs mit einer Lebenserwartung von maximal sechs Monaten.

„Er war todkrank", stellte der Oberst fest. „Und beschloss offenbar, sich mit seiner Bande von Clowns noch einmal richtig auszutoben. Dabei hat er auch seine Rachefantasien nicht vergessen, in deren Mittelpunkt Sie und Ihr Klagenfurter Kollege standen. Auch seine Komplizen schont er nicht. In dem Dossier hier steht alles, was wir uns nur wünschen können. Er wollte Tabula rasa machen. Mit seinen Gegnern, seinen Kumpanen und sich selbst."

Fuchs durchblätterte Breuers Akten.

„Sieh einer an", murmelte er. „Hasi war also Nero – und sowohl der Liebhaber als auch der Mörder von Melitta. Er veranlasste sie, mich in ihr Nest zu locken. Sie war als Bauernopfer gedacht, um mich unter Druck zu setzen:

Sexvideo mit dem Bullen, rechtzeitiger Abbruch der Aufnahme via Internet, Mordalarm. Funktionierte nicht ganz nach Plan, war aber ohnehin nur eine Zugabe. Jedenfalls hatte Hasi keine Skrupel, sie trotzdem zu töten. Wahrscheinlich hatte sie schon zu viel von seinen Machenschaften mitbekommen. Und Starhovsky war tatsächlich ein gut bezahlter Unterstützer. Da kommt viel Arbeit auf Ihre Leute zu."

„Auch auf Sie", befand Krainer lakonisch. Es klang nicht nach einem Angebot, sondern nach einer Entscheidung.

„Schließlich haben Sie an vorderster Front den Kopf hingehalten. Da schicke ich Sie nicht gleich zurück. Sie sollen vom Erfolg auch Ihren Anteil bekommen."

In einem Besprechungsraum entdeckten sie großformatige Fotos von Mona Mohr, Kerstin Bayer und zwei weiteren Frauen. Ein Seitengang führte direkt in die große, leere Garage und von dort eine breite Treppe in den Keller.

„Das Liebesnest", stellte Krainer fest, als sie den Raum mit dem podiumartigen, runden Bett betraten, das der Chefinspektor von Mona Mohrs Video kannte. „Sieht doch harmlos aus."

„Eine Folterbank ist auch nur eine Bank", sagte Fuchs. Gegen alle Tatortregeln steckte sich der eine Bulle einen Zigarillo, der andere eine Zigarette an.

32

Sein Anteil am Erfolg bestand für Fuchs in einem Treffen mit der Innenministerin. Sie verlangte eine kompetente Auskunftsperson – und Oberst Krainer hatte ausgerechnet ihn dafür bestimmt. Es machte ihm offensichtlich viel Spaß, die Schaben zur Weißglut zu bringen.
Dem Chefinspektor machte der Besuch weniger Spaß. Politiker nervten ihn und er hatte die Ministerin im Verdacht, an ihm vor allem das richtige Maß ihrer Betroffenheit zu testen. Der junge Mann, der ihn vom Eingang des klassizistischen Palais ins Büro der Ministerin geführt hatte, hielt sich während der Unterredung im Hintergrund; ein Ministerialschnösel, auf dezente Weise wichtigtuerisch und bei Bedarf schmeichlerisch.
Nachdem Fuchs seinen Bericht beendet hatte, fragte die Ministerin mit annähernd echtem Entsetzen in der Stimme: „Dann wurde das kleine Mädchen nur ermordet, um andere Frauen gefügig zu machen?"
„Ja. Die ausgewählten Opfer waren jung und schön. Darüber hinaus standen sie in der Öffentlichkeit, waren erfolgreich, selbstbewusst und durchsetzungsstark. Also nicht von der Art, die sich durch eine schlichte Drohung einschüchtern lässt oder sie auch nur hinnimmt. Denen haben sie mit ihrer gut dokumentierten Tat gezeigt, wozu sie fähig sind."
„Ich verstehe", murmelte die Ministerin. „Wer ein Kind auf einem Spielplatz nur tötet, um zu beweisen, wie ernst er es meint, den nimmt man auch ernst."
„Wir haben Bilderserien gefunden, alle nach dem gleichen Muster: die lachende kleine Susi unmittelbar vor dem Schuss, daneben unmittelbar danach. Darunter ein Foto eines anderen lachenden Kindes, daneben ein Rahmen mit einem großen roten Fragezeichen darin."
„Mein Gott. Aber wozu dieses Risiko, wozu dieser mörderische Aufwand? Die konnten sich mit all dem Geld doch die teuersten Callgirls beschaffen."

„So hat es wohl begonnen. Doch wenn man alles bekommt, was man sich mit Geld kaufen kann, folgt der Punkt, an dem man sich das wünscht, was man nicht kaufen kann. Weder die Mohr noch die Bayer hätten mitgemacht, selbst wenn man sie in Gold und Edelsteinen aufgewogen hätte."

Die Ministerin schluckte schwer. „Das ist … einfach monströs. Es handelt sich um Monster, jawohl." Das schien sie zu erleichtern.

„Sie hatten auch keinerlei Skrupel, die Familie von Kerstin Bayer auszulöschen. Dort machten sie ebenfalls Fotos. Als Exempel dafür, was passiert, wenn ein Opfer sich nicht an das Schweigegebot hält."

„Und dieser Brauer …"

„Breuer", verbesserte Fuchs und erntete einen missbilligenden Blick.

„Meinetwegen Breuer. Der hat diesen Harlekin-Club gegründet, um sich mit anderen Perversen zu vergnügen?"

„Nicht nur. Seine rechte Hand Nero – Hans Siebert alias Hasi – organisierte Kays Net ebenso effizient wie die Produktion und den Vertrieb der Designerdrogen. Commodus – Kurt Wobert – diente als zielsicherer Killer. Der Bezirksrat und Oberst Nemeth – Domitian und Galba – verrieten polizeiliche und kommunale Maßnahmen gegen den Drogenhandel. Doktor Velik wurde ebenso wie Oberst Nemeth und der Bezirksrat aufgrund seiner Neigung zu exzessivem Sex zuerst erpressbar gemacht und nutzte später seine Funktion in der Bank, um genau das zu tun, was er verhindern sollte: Schwarzgeldwäsche. Ein Mann, der alle Tricks kannte und nach und nach immer tiefer im Drogengeschäft involviert war. Breuer erpresste ihn nicht nur, er zahlte auch gut."

„Es ist unglaublich", sinnierte die Ministerin. „Ich wäre beinahe selbst einmal in dieses Kays Net gegangen." Sie fröstelte kurz, wohl bei dem Gedanken, welche Schlagzeilen daraus hätten erwachsen können. „Warum haben sie Velik umgebracht, wenn er so nützlich war?"

„Er machte zunehmend Probleme, wollte aussteigen. Zunächst demütigten sie ihn, indem sie seine heimliche Geliebte als erstes Opfer wählten. Nach Mona Mohrs Tod, den Breuer mit dem Video eingeleitet hatte, wurde es nicht besser. Velik stellte sogar eine Clown-Zeichnung an die Gedenkstätte, in die er selbst Tränen gezeichnet hatte. Aus Breuers Dossier geht hervor, dass Velik ihm mit eigenen Aufzeichnungen drohte. Das war sein Todesurteil. Wobert fing ihn ab und Hans Siebert durchsuchte Veliks Bungalow, um die belastenden Papiere zu finden. Das gelang ihm auch, gerade rechtzeitig, bevor wir dort eintrafen. Die Likörflasche mit der Droge darin interessierte ihn gar nicht. Sie belastete ja nur Velik, dessen Hinrichtung bereits vorbereitet war."

„Inwiefern hat Breuer Mona Mohrs Tod eingeleitet?"

„Indem er eine explosive Mischung anrührte: das Video, auf dem die Mohr den Vater ihres Kindes erkennen musste, die Waffe, die er ihr durch Starhovsky zukommen ließ, die Droge in ihrem Lieblingsgetränk … Breuer konnte nicht vorhersehen, was sich im Detail daraus ergeben würde, aber alles steuerte in Richtung einer Tragödie. Mehr wollte er nicht erreichen."

„Und dann sollten Sie und Ihr Klagenfurter Kollege daran glauben?"

„Er arbeitete alles ab. Mit mir wollte er ein bisschen spielen. Sein Fingerabdruck reichte aus, um mich nach Wien zu lotsen. Er zog sogar meine Lebensgefährtin und meine ehemalige Frau mit hinein."

„Aber das misslang ihm."

„Ja."

„Zum Glück!", betonte die Ministerin rasch. „Zum Glück! Und zuletzt setzte er einen Schlussstrich. Weil er todkrank war und in einer aussichtslosen Situation."

„Sieht so aus. Allerdings ist die Krankenakte, die wir fanden, eine Kopie. Das Original ist aus der Ordination verschwunden und der behandelnde Arzt verstorben. Breuer hatte ihn mit einer Enthemmungsdroge in einen Klettersteig geschickt."

Sie hatte durchaus ein scharfes Ohr für unerwünschte Zwischentöne, diese Frau. Sofort traf Fuchs ein harter Blick aus zusammengekniffenen Augen.

„Was heißt: ‚Sieht so aus?'"

„Breuers Selbstmord-Selfie ist reichlich unscharf."

„Ach so. Nun, wenn jemand vorhat, sich gleich zu verbrennen, darf man in dieser Hinsicht wohl nicht viel Sorgfalt erwarten. Aber nun zu etwas anderem: Was ist mit dieser Tadschikin?", fragte sie in leichter ethnischer Verwirrung. „Sie war für die Klärung des Falls doch irgendwie wichtig, oder?"

„Sie ist ein unbeschriebenes Blatt, harmlos", log der Chefinspektor seiner obersten Dienstherrin leichten Herzens ins Gesicht.

Er würde Bika später besuchen. Mit einem dicken Blumenstrauß und einer Flasche Schnaps, der keinen Namen hatte, aber das Ende der Welt bedeutete, wenn man einen Schluck zu viel davon trank. Und die Geburt einer neuen Welt, wenn man überlebte. Sie würden dem alten Franzosen zutrinken, sterben und wiederauferstehen. Doch das würde diese Frau hier nicht verstehen. Sie hatte ohnehin genug von ihm.

„Man sagt, Sie hätten sich in dieser hässlichen Affäre durch Übersicht und Einsatz besonders ausgezeichnet", fuhr sie fort und blinzelte ihn mit einem Ausdruck irgendwo zwischen Schabe und Reptil fragend an.

„Ich kann nicht über mich selbst urteilen", erwiderte er.

Die Antwort erfolgte prompt und herablassend. „Das ist ja auch nicht Ihre Aufgabe." Sie erhoben sich, um einander die Hände zu schütteln. Dabei sah ihm die Ministerin gerade in die Augen. „Im Namen der Republik danke ich Ihnen für hervorragende Leistungen."

„Danke", erwiderte Fuchs und überlegte, wem von ihnen beiden weniger daran lag.

Der Adlatus löste sich von der Wand.

„Wenn ich Sie begleiten darf, Chefinspektor …"

Am Ausgang flüsterte er – ohne seine verbindliche Miene im Geringsten zu verändern: „Betragen und Diplomatie ungenügend, sogar für die Baumschule, aus der Sie kommen. Meine Güte."

Fuchs verlor für einen Augenblick das Gleichgewicht, wodurch seine Absatzkante auf den Zehen des Schnösels landete. Mit allem Gewicht, das er aufbrachte. Sekundenlang. Das weiche Leder des eleganten Mokassins setzte dem Druck nichts entgegen, Tränen füllten die Augen des Sekretärs.

„Tut mir leid", sagte der Chefinspektor, „ich bin wirklich ungeschickt."

Er drückte die Hand der Schabe bis die Chitin-Knöchel knirschten.

„Tut mir wirklich leid."

Damit verließ er die heiligen Hallen des Ministeriums.

33

An seinem letzten Tag in Wien klopfte Fuchs an die Tür von Krainers Büro und trat ein.

Der Oberst saß in seinem Sessel, als hätte er ihn seit Tagen nicht verlassen. Die lotrechte Rauchsäule, die vom Zigarillo in seinem Mundwinkel aufstieg, verstärkte diesen Eindruck noch.

„Ich habe Ihren Besuch erwartet", sagte er. „Setzen Sie sich. Und erzählen Sie mir, was Ihnen am Ausgang des Falles nicht behagt." Als Fuchs den Mund zu einer Antwort öffnete, hob er die Hand. „Sie müssen nicht drum herumreden. Ich weiß, dass es nur eine Ahnung ist, die Sie beschäftigt, sonst hätten Sie nicht geschwiegen. Aber mich interessieren auch Ahnungen."

Für eine Weile musterten sie einander schweigend, dann gab sich der Chefinspektor einen Ruck.

„Na gut. Ich hatte bei diesem Fall von Beginn an ein seltsames Gefühl. Breuer trieb einen verdammt großen Aufwand, um mich zu kriegen, finde ich. Wieso begnügte er sich nicht mit einer Kugel wie bei Lacher?" Er zündete sich eine Zigarette an, ehe er fortfuhr. „Wenn die Kugel seine Rachegelüste gegenüber meinem Kollegen befriedigte, sollte sie auch für mich reichen. Wir haben ihn damals gemeinsam auffliegen lassen, doch in meinem Fall zieht er eine Riesensache auf. Das ergibt keinen Sinn."

Es ist nicht leicht einzuschätzen, ob und worauf Granit wartet. Beim Gesicht des Obersts verhielt es sich ebenso. Jedenfalls hat Granit es nicht eilig. „Einen Sinn ergibt es allerdings", fuhr Fuchs fort, „wenn Breuer nur sich selbst in den Vordergrund spielen wollte. Motto: Seht alle her, ich bin der Böse und ich weiß, mit mir geht es zu Ende. Aber vorher lasse ich es noch einmal kräftig knallen."

Der Oberst nickte, Fuchs blies Rauch in die Luft.

„Das ist ihm gelungen, obwohl wir überlebten. Aber vielleicht ging es ihm ohnehin um ein anderes Ergebnis: Je grauenhafter

die Tat und je größer das Getöse, umso eher nimmt man ihm den Suizid ab – besonders mit der Krebsdiagnose im Hintergrund. Jeder glaubt ihm den Selbstmord, denn was hätte er in seiner Situation noch tun können? Also alles klar."
Der Chefinspektor konzentrierte sich eine Weile auf die von Zigarilloglut gegrabenen Runen auf der Tischplatte, als könnten sie ihm bei der Formulierung seiner Bauchgedanken helfen.
„Drehen wir die Sache einmal um. Angenommen, er knallt Lacher und mich ab – na gut, er genießt seine Rache und hat zwei Morde mehr auf dem Buckel. Wer weiß, wann man die Taten mit ihm in Verbindung gebracht hätte. Vielleicht nie. Was wäre sein Suizid in diesem Fall wert gewesen? Ich meine diesen ganz speziellen Suizid, der nichts hinterlässt als ein Häuflein neutraler Asche, das Attest eines toten Arztes und ein unscharfes Video."
„Das konnte ihm doch egal sein, wenn er sowieso tot …" Krainer stockte.
Fuchs zündete sich noch ein Stäbchen an. „Das ist der Punkt. Der sicherste Weg, um von den Fahndungslisten zu verschwinden, ist der Tod. Man wird in der Villa jede Menge Spuren finden – aber nicht in den Resten eines total verbrannten Körpers. Also muss er alles so arrangieren, dass keine Zweifel aufkommen. Genau dafür braucht er das große Drama, das seinen Selbstmord zur zwingend logischen Folge werden lässt. Man zweifelt nicht an einer Lösung, die man als so naheliegend betrachtet."
Gemeinsam schweigend rauchten sie.
„Es ist auch die Lösung, die sich alle wünschen", stellte Krainer fest. „Ein Schlussstrich."
„Eben", sagte Fuchs.
„Wenn Ihre Theorie stimmt, wären Sie nach wie vor in Gefahr."
„Ich glaube nicht. Breuer hätte sein wichtigstes Ziel erreicht. Das setzt er nicht wegen einer läppischen Rachegeschichte aufs Spiel."

„Ist er nun ein Aschehäufchen oder ist sein Plan aufgegangen?"

Fuchs stand auf. „Keine Ahnung. Ganz aufgegangen ist er jedenfalls nicht. Ich habe nämlich gerade dem wichtigsten Mann der Wiener Polizei einen Floh ins Ohr gesetzt." Er nickte dem Oberst zu und ging.

Krainer starrte ihm grimmig nach, bis sich seine Granitzüge langsam entspannten und er still vor sich hin lächelte.

Der Chefinspektor fand Prohaska und verabschiedete sich von ihm.

„Eines verstehe ich nicht", sagte der Inspektor, nur sanft gerötet. „Warum hat Velik den Likör versteckt, wenn er doch nichts von der Droge darin wusste?"

„Nach dem Auftritt der Mohr hatte er gewiss einen kräftigen Schluck nötig und griff zur erstbesten Flasche. So erfuhr er es am eigenen Leib. Ein harter Schlag für ihn."

„Ja, das war es wohl."

„Ich werde Ihre Fahrkünste vermissen."

Die weißen Wände des Gangs schimmerten plötzlich in zartem Rosa.

Fuchs kehrte ins Regina zurück, wo Samantha ihn bereits mit seinem Gepäck erwartete. Sie nahmen ein Taxi zum Bahnhof und verbrachten die Fahrt nach Klagenfurt zum größten Teil im Speisewagen, wo sie sich die Zeit mit Räucherlachs und Sekt vertrieben.

„Heute ist der letzte Tag unseres Urlaubs", stellte Sam fest. Er nickte. „Ich hoffe, es war nicht zu langweilig für dich."

„Ging so", sagte sie. „Ich will noch ein Glas."

34

Die Krankenschwester stand tief über Chefinspektor Lachers Bett gebeugt. Sie war jung, hatte eine gute Figur und erhitzte Wangen. All das sah Fuchs, als er, bereits in der offenen Tür stehend, gegen das Holz klopfte, woraufhin sie hoch- und herumfuhr.

Innerlich seufzte er leise, nach außen lächelte er maliziös.

„Störe ich, Schwester?"

„Aber nein", sagte sie, blauäugig und ein wenig atemlos. „Ich bin schon fertig."

Mit fliegenden Fingern schloss sie die oberen zwei Knöpfe ihrer Bluse, huschte geschmeidig an ihm vorbei und verschwand im Gang.

Lacher trug einen beeindruckenden Turban und grinste verlegen. Er deutete mit dem Zeigefinger auf seinen Kopf und meinte: „Da habe ich mehr Glück gehabt als Verstand."

„Wenn du es sagst", bemerkte Fuchs lakonisch.

„Ich habe nichts mit der Kleinen. Sie hat nur nach dem Verband gesehen, weil er mich am Ohr drückt."

„Klar. Und die Schwester drückten ihre Blusenknöpfe. Das hat deinem Ohr keine Ruhe gelassen. Man lässt sich helfen und hilft. Sehr edel."

Sein Kollege hob die Hände zu einer resignierenden Geste.

„Es ist wie ein Reflex, was soll's? Stimmt es, dass wir Breuer los sind?"

„Er hat sich alle Mühe gegeben, damit wir es glauben."

Lacher starrte ihn beunruhigt an. „Wie meinst du das?"

„Er hat eine große Inszenierung abgeliefert. Sein Salon, die Harlekine, der Mord an dem kleinen Mädchen. Dann drückt er auf den Startknopf, indem er Mona Mohr das Video schickt. Er weiß, man würde die Ereignisse mit ihm in Verbindung bringen. Es funktionierte. Die Bühne für seine Rachepläne und das schreckliche Finale im Feuer genossen die Aufmerksamkeit, die er sich gewünscht hatte. Niemand weiß, was da gebrannt hat. Es war eine verdammt große Menge Sprit."

„Wir sind davongekommen."

„Eine ärgerliche kleine Panne, doch nun ist er offiziell tot." Lacher betastete nachdenklich seinen Verband.

„Er ist tot, das gefällt mir. Der Rest ist eine deiner Thesen, für die jeder Beweis fehlt, stimmt's?"

Für einige Momente stieg Ärger in Fuchs auf. „Es ist aus Breuers Sicht die ideale Lösung."

„Reg dich nicht auf. Wenn du recht behältst, werden wir es erfahren. Ich bin aber nicht wirklich scharf darauf."

Fuchs hob die Schultern, deponierte sein Mitbringsel, ein Buch über das verborgene Wien, auf dem Nachtkästchen und wandte sich zum Gehen.

„Verschwindest du schon wieder?"

„Ich schicke dir die Schwester", brummte Fuchs boshaft.

„Damit du nicht alleine bist, bis Maja kommt."

Epilog

Der Mann blickte zufrieden von seiner Dachterrasse über das morgendliche, herbstlich getönte Wien. Hier, am Rand der Stadt, an der Grenze zwischen Zusammenballung und sanft ansteigenden Weinkulturen, würde er neue Kräfte sammeln, Pläne schmieden, sich von den letzten Eingriffen erholen. Automatisch griff er zum Taschenspiegel und lächelte sein neues, fremdes Ich an. Er war eindeutig ein anderer Mensch. Vermutlich verfügten die Bullen nicht einmal über seine DNA – oder konnten sie nicht zweifelsfrei zuordnen. Er hatte viele falsche Spuren zurückgelassen, bereits damals in Kärnten. Haare in seiner Bürste, die nicht von ihm stammten, fremde Hautpartikel, Blutspuren, Speichelreste – mit etwas Fantasie ließ sich einiges an Verwirrung stiften.

Er sah jugendlicher aus mit den kurzen roten Haaren und dem neuen Gesichtsschnitt, der auch viele Falten geglättet hatte; er fühlte sich auch jünger. Abgesehen von der chronischen Reizung seiner Stimmbänder, aber das war eben so, es gab Schlimmeres. Er blickte noch einmal in den Spiegel und musste grinsen, wenn er an das Entsetzen in den Augen seiner Opfer dachte. O ja, es gab viel Schlimmeres.

Es war Zeit für einen Spaziergang, Zeit, die Nachbarschaft zu erkunden, Zeit für die Nachbarinnenschaft.

Er griff eben nach der Türklinke, als jemand läutete. Ganz kurz erstarrte er, aber weshalb? Es gab nichts zu befürchten. Er öffnete.

„Hallo Dreckskerl", sagte die Frau, die er kaum erkannte, obwohl er jahrelang mit ihr verheiratet gewesen war. Die Waffe erkannte er sofort: Ein 22er-Trommelrevolver, mit dem er manchmal auf Scheiben geschossen hatte.

Sie drängte ihn in die Wohnung. Ihre Fingernägel waren kurz und trugen – ebenso wie die Nagelhaut – dünne schwarze Ränder, die man nicht mehr loswurde, wenn man Tag für Tag mit öligen Eisenteilen arbeitete. Sie stieß die Tür mit der Ferse zu, ohne ihn aus den Augen zu lassen.

„Setz dich, Dreckskerl", forderte sie.

„Was soll das?", fragte er in einer zur Situation passenden Mischung aus Überraschung und Erschrecken. „Wer sind Sie?"

Die Mischung passte doch nicht, ganz beiläufig schoss sie ihm in den Oberschenkel. Er schrie auf, taumelte zurück und fiel in jenen Sessel, den er immer verwendete, um seine Wanderstiefel zuzuschnüren.

„Sie verwechseln mich", jammerte er. „Hauen Sie bloß ab, bevor die Polizei eintrifft. Das ist eine ruhige Wohngegend, da überhört niemand einen Schuss."

Die zweite Kugel traf seine Schulter.

„Jedes Nest, das du dir gebaut hast, war schalldicht", sagte sie. „Ist bei deinen Hobbys auch naheliegend."

In dem Mann ging eine Veränderung vor sich. Es half nichts, sich weiter zu verstellen. Sie war immer eine geschwätzige und zimperliche Pute gewesen. Er hätte nie gedacht, dass sie auf einen Menschen schießen und ihn auch treffen könnte. Sie verwendete die kurzen Zimmerpatronen. Geringe Geschwindigkeit, geringer Rückstoß, dünner Wundkanal. Aber auf die kurze Distanz völlig ausreichend. Wer wusste, wozu sie noch fähig war? Er überwand den Schock und wechselte die Strategie.

„Wie hast du mich gefunden?"

Sie lächelte milde. „Dein Kumpel Hasi war nicht so dumm, wie du dachtest. Er hat mich schon vor einem Jahr angesprochen. Falls ihm etwas zustoßen sollte, wie er meinte. Seither trafen wir uns regelmäßig. Er steckte mir ein bisschen Geld zu. Er, nicht etwa du. Er bekam mit, dass du dir klammheimlich einen neuen Unterschlupf zugelegt hattest. Das gab ihm sehr zu denken. Es war das Letzte, was er mir erzählte."

Der Mann spürte, wie das Blut seine Kleidung tränkte. Er musste mit ihr reden. Ein richtiges Gespräch beginnen. Darin war er ihr immer haushoch überlegen gewesen.

„Was willst du?"

„Geld", erwiderte sie schlicht.

Er rang sich eine Art Gelächter ab. „Du glaubst doch nicht, dass ich es hier verstecke."

Sie schoss ihm in den linken Fuß. Er heulte auf. So konnte man doch nicht verhandeln, was dachte sie sich dabei, ihn einfach zu durchlöchern? Dünne Wundkanäle hin, dünne Wundkanäle her.

„Es ist bestimmt hier", bemerkte sie ungerührt. „Wo denn auch sonst? Unter den Bäumen im Park, wie's die Eichhörnchen machen?"

„In einem Schließfach. Ich gebe dir den Schlüssel."

Sie schoss in seinen anderen Fuß. Wieder schrie er auf.

„Es ist hier. Ich bin bloß zu faul zum Suchen. Also sag es mir."

Er verspürte plötzlich jene Angst, die er bisher nur bei anderen empfunden und genossen hatte. Zärtlich streichelte sie den Revolver.

„Das Ding ist bloß zum Spielen gut, hast du immer behauptet. Ich habe nichts Dringendes vor, also spielen wir."

Nachlässig richtete sie die Waffe auf seinen Schritt.

„Nicht!", wimmerte er. „Der Schrank im Schlafzimmer, er hat einen doppelten Boden. Man muss die Kleiderstange nach hinten drehen, um ihn zu entriegeln."

„Du begleitest mich", entschied sie.

„Wie denn?", fragte er, der Verzweiflung nahe. Was war bloß mit ihr geschehen?

„Hände und Knie sind ja noch in Ordnung."

Sie trat hinter ihn und kippte den Sessel nach vorne. Wieder schrie er auf.

„Na, mach schon."

Tatsächlich gelangte er auf allen vieren bis ins Schlafzimmer. Dort verharrte er in seiner knienden Stellung. Sie öffnete den Schrank, warf heraus, was im Weg war und drehte an der Stange. Es knackte leise und der Boden klappte wie von Geisterhand bewegt zurück. Darunter lagen, dicht an dicht, Bündel von Fünfzigern, Hundertern, Zweihundertern und

Fünfhundertern. Sie hatte noch nie so viel Geld gesehen. Einen großen Koffer packte sie voll. Seine gesamten Ersparnisse.

„Warst ein fleißiges Eichhörnchen, alle Achtung."

„Ruf einen Arzt", flehte er.

Sie betrachtete ihn nachdenklich. „Das ist keine gute Idee. Da würde doch alles auffliegen." Er sank schluchzend zur Seite. „Aber ich werde dich nicht töten." Das Schluchzen stoppte abrupt und wich einem tiefen Atemzug. „Nur bist du entschieden noch viel zu beweglich", fügte sie kühl hinzu und verwendete die letzten vier Kugeln, um das zu ändern. Er verlor das Bewusstsein.

Schwer bepackt verließ sie die Wohnung und vergaß auch nicht darauf, sorgfältig abzusperren.

Sein Leichnam – was davon übrig war – wurde erst nach Monaten entdeckt. Er konnte nicht identifiziert werden.

Weitere Bergmann-Krimis

Der Berufserbe – Chefinspektor Falks Sündenfall
Fall Nr. 1 der Reihe „Kärntner Mordsbullen"
Wie weit darf ein Polizist gehen, der von der Schuld eines
Mannes überzeugt ist, ihn aber nicht vor Gericht bringen
kann?
Chefinspektor Falk, leitender Ermittler der Kripo Klagenfurt,
übernimmt einen scheinbar unspektakulären Fall. Ein
pensionierter Rechtsanwalt bricht sich bei einem Sturz auf der
Kellertreppe das Genick. Fremdverschulden scheint
ausgeschlossen. Bis ein anonymer Brief eintrifft, der auf das
ungewöhnliche Sexualleben der 30 Jahre jüngeren Gattin des
Opfers hinweist. Falk stattet ihr einen Besuch ab, der ihn
rasch in die weitverzweigten und ziemlich stacheligen Netze
einer wohlhabenden Familie führt. Über zwei Jahrzehnte
hinweg zog einer ihrer Angehörigen Erbschaften an wie ein
Magnet. Ein Zufall?
Der Chefinspektor riskiert sehr viel, um diese Frage zu
beantworten.

Der gelbe Gladiator – Chefinspektor Falks Fingerfall
Fall Nr. 2 der Reihe „Kärntner Mordsbullen"
Auch Kriminalbeamte kämpfen mit den Tücken der Liebe und
mehr noch mit jenen der Bürokratie.   Chefinspektor Falk
kommt ein neuer Fall nicht ungelegen. Beim Entrümpeln
eines Dachbodens finden Arbeiter ein Schmucketui. Drinnen
liegt ein mumifizierter weiblicher Finger. Prof. Norobosco,
führender Forensiker in Klagenfurt, meint, dass er vor fünf bis
zehn Jahren abhanden gekommen sein müsse. Abhanden. Der
Professor mag solche Wortspiele.
Falk macht sich auf die Suche nach der dazugehörigen Frau.
Das erweist sich als schwierig. Dann wird im selben Haus ein
Doppelmord begangen. Der Finger tritt in den Hintergrund,

doch Falk ist klar, dass zwischen beiden Fällen ein Zusammenhang besteht, der ihn auf die richtige Spur führen wird.

Die Melodie der Walnuss – Chefinspektor Falks Hexenfall

Fall Nr. 3 der Reihe „Kärntner Mordsbullen"
Chefinspektor Falks Ex-Kollege Lacher stößt bei einem Waldspaziergang auf eine grausam zugerichtete Frauenleiche. Rasch stellt sich heraus, dass die Tote Jahre zuvor als vermisst gemeldet worden war. Ermordet wurde sie aber nur Stunden vor ihrer Entdeckung.
Wo hielt man sie gefangen?
Warum taucht sie jetzt auf, nachdem längst niemand mehr nach ihr suchte?
Ausgerechnet Lacher hatte den Fall damals bearbeitet. Woher stammen seine Erinnerungslücken?
Diesmal bekommt es Falk mit einem Serienmörder zu tun, der seine Opfer nicht einfach aus einer perversen Lust heraus entführt, foltert und tötet, sondern damit auch eine rätselhafte Botschaft übermitteln will. Es erleichtert die Aufgabe des Chefinspektors nicht, dass sein Freund scheinbar tief in den Fall verstrickt ist.

Das Möbiusband – Chiara Fontana

Wie harmlos kann ein Ereignis sein, das unübersehbare, fatale Folgen nach sich zieht? Nun, so harmlos wie ein Sonntagsausflug zum Beispiel. Chiara und ihr Freund Antonio entdecken nahe Florenz eine Skulptur mit bemerkenswerten, fast beängstigenden Fähigkeiten. Rasch interessieren sich dafür höchst unterschiedliche Gruppen, die eine Gemeinsamkeit aufweisen: Sie gehen so ungerührt über Leichen wie brave Bürger über ein Holzbrückchen im Park. Aber auch brutale Mörder erleben in diesem Fantasy-Thriller ihre wahren Wunder – wenn auch meist nur für sehr kurze Zeit.

Dicke Liebe – Irrwitzige Kriminalstories
Dicke Liebe ist eine Sammlung von 25 irrwitzigen
Kriminalstories, die samt und sonders an Abgründe führen,
ohne diese Abgründe übermäßig ernst zu nehmen. Aus
unterschiedlichen Perspektiven werden nicht alltägliche
Begebenheiten kriminellen, skurrilen, komischen und
grotesken Inhalts erzählt.
Ob es darum geht, was liebende Menschen sich selbst und
anderen anzutun bereit sind oder um die verblüffenden und
manchmal erschreckenden Konsequenzen von Eitelkeit, Gier,
Überheblichkeit, letztlich Dummheit, stets wird der Leser
daran erinnert, dass der Reiz des Lebens und des Lesens
gerade in den unerwarteten Wendungen liegt.

Die Leiche ist halb durch
Für einen Typen, der Jingle Bell heißt, ist das Leben
nirgendwo einfach. Aber ich liebe es.
Eiswürfel im Whisky liebe ich nicht. Trotzdem dachte ich,
alles darüber zu wissen, was man halt so darüber wissen kann.
Aber dass man mir im Herzen Monakrees einen
angebratenen Eiswürfel serviert – das ist mir noch nie
passiert.
Da muss ich mich wohl auf die Socken machen, ist ja mein
Beruf als Schnüffler, und ich stoße auf schöne Frauen und
üble Gangster.
Verdammt schöne. Verdammt üble.

Das Massengrab hat Hunger
Privatdetektiv Jingle Bell pflegt erneut extravagante
Methoden, ausgefallene Kleidung und seine Intimfeindschaft
mit den Bullen. Er teilt gern aus, muss aber auch harte
Schläge einstecken. In seinen Worten:
„Diesmal geht es ordentlich rund in Monakree, der Stadt des
tanzenden Hahns. Eine Serie von Anschlägen erschüttert die
chemische Industrie. Ich bin der Einzige, dem die Bosse eine
Lösung zutrauen. Dabei stecke ich selbst in der Krise. Sie

heißt Theo und ist mein neuer Partner. An meiner Bürotür
steht nun Bell/Torpedo statt Jingle Bell.
Trotzdem ziehe ich los, um die Dinge zu regeln. Das macht
ein paar Leute richtig bösartig. Sie wollen mich eiskalt
abservieren. Eiskalt ist durchaus im Wortsinn zu verstehen.
Aber da geraten sie an den Falschen."
Die Leser dieser rasanten Krimiparodie werden es gerne
bestätigen.

Tore des Bösen – Kärnten-Thriller

Das Dorf am Rande des Hügellandes, mit seiner kleinen
Kirche und den beiden Gasthäusern kaum den Punkt auf der
Landkarte wert, war zu neuem Leben erwacht. Doch einer
seiner Bewohner hat schlimme, blutrünstige Träume. Er leidet
und schweigt. Nicht jedes Schweigen ist Gold. Dennoch geht
vorerst alles seinen gewohnten Gang. Dann verschwindet ein
Mädchen und kurz darauf beginnt eine Mordserie, die keinen
Stein auf dem anderen belässt. Tore des Bösen öffnen sich
dem Leser. Liebe, Leidenschaft, Verschlagenheit und uralter,
aus längst vergessenen, dunklen Quellen genährter Hass sind
die Elemente dieses ungemein spannenden Thrillers. Ein
Genuss für alle Freunde des Genres, ein Muss für alle
Vertrauensvollen, die ihre Wohnungstür gelegentlich noch
unversperrt lassen. Prädikat: Wertvolle Nachtlektüre!

www.peter-bergmann.at